SONGÜL ÜNSAL

OLİMPOS®

YALNIZ ANLAŞILDIK
Songül Ünsal

Redaksiyon: Peri Dinçer
Son Okuma: Zeynep Dilan Durmuş
Kapak Çizimi: Bâlâ Adanur & Okan Özkan
Kapak Tasarımı: İlknur Muştu

1. Baskı: Mart 2018
ISBN: 978-605-2063-54-5

OLİMPOS YAYINLARI
Maltepe Mah. Davutpaşa Cad. Yılanlı Ayazma Yolu No:8 K:1 D:2
Davutpaşa / İstanbul
Tel: (0212) 544 32 02 (pbx) Sertifika No: 13718
www.olimposyayinlari.com - info@olimposyayinlari.com

Genel Dağıtım: YELPAZE DAĞITIM YAYIN SANAT PAZARLAMA
Maltepe Mah. Davutpaşa Cad. Yılanlı Ayazma Yolu No:8 K:1 D:2
Davutpaşa / İstanbul
Tel: (0212) 544 46 46 Fax: (0212) 544 87 86
info@yelpaze.com.tr

Baskı: MY Matbaacılık San. ve Tic. Ltd. Şti.
Maltepe Mah. Yılanlı Ayazma Sk. No: 8/F Zeytinburnu / İstanbul
Tel: 0212 674 85 28 Sertifika No: 34191

SONGÜL ÜNSAL

Yalnız Anlaşıldık

OLİMPOS®

GÜNEŞLİ GÜNLER

Ağır geliyor yaşanılanlar belki ama zamanı gelince iyi ki yaşamışım diyeceksin. Yeter ki ders almasını bil. Yeter ki düştüğün yerden zamanla kalkmasını bil.

Dizlerinin üzerine çöküp ağlaman, hele ki seni hiç sevmemiş gibi giden bir adam için kendine en büyük hakarettir. Ve bu kötülüğü kendine yapma. Eğer Allah onu almışsa, seni yenilemek istiyordur. Yeni bir hayata hazırlanmak ise öyle sanıldığı kadar kolay olmaz.

Kendi kokunu bile sıkarken onu hatırlayacaksın. El ele tutuşan birisini görünce ellerin kaçacak yer arayacak. Ellerini semaya kaldır sadece. Kalpler Allah'ın elindedir, unutma.

İçine kızgın yağlar dökülecek. Tüm hatalının karşı taraf olduğunu bildiğin hâlde, bitişlerde kendinde suç arayacak kadar güzel sevdin sen unutma. İçin rahatsa gerisini zamana bırak.

SENDEN KALANLAR

Bana bıraktığın her yarayı, gözyaşlarımla kanattım ben. Güçlüsün sen dediklerinde ağlamak için geceyi bekledim. Bekledim gelirsin diye. Gelip gözyaşlarımı silersin diye. Geldin de. Ama her gelişin yeni bir yara oldu. Yerin bende cennetti. **Zaten insanlar kendisine cennet sunan kalbi cehenneme çevirip gitmezler mi?**

Yan yana geçirdiğimiz her anıyı yana yana unutmaya çalışıyorum. Sen benim iyi kilerimi keşkelere çevirenimsin.

Gelme artık. Ne seni sevecek bir kalp bıraktın ne de senli yarınlar. Geçip giderken onları da götürdün.

Beklemekse bekledim. Yediğim her lokmam boğazımda jilet gibi dizildi mesela. Telefonum çalmadığı hâlde her seste sarıldım ona.

Beni sevdiğin günleri özlüyorum ama artık seni özlemiyorum sanırım.

Gitmeliyim belki de buralardan, en fazla bir sonbahar günü dönerim bu kente. Bastığın her kaldırım taşına basmanın heyecanı da olmaz içimde.

Yalnız Anlaşıldık

Sen benim en büyük hayalim, en acı çektiğim hayal kırıklığımsın. Çocuksu ağlamalarım, cumartesi günlerim, oruçluyken içtiğim suyumsun. Ve ben sana bir ekim gecesi tövbe ettim.

Belki denk gelirim diye beklediğim o yoldan artık seni görmemek için geçmiyorum. Bir gecenin derinliğine bırakıyorum seni.

Bir kitabın arasına, bir bardağın dibine, bir romanın noktasına saklıyorum cümlelerimi.

Ve sen, tüm gülüşlerimi çalanımsın. Umutsuzluk çalar elbet kapını. O zaman anlayacaksın tüm kapıların sana kapandığını.

Hoşça kal demiyorum sana. Bıraktığım yerde kal sadece. Hoş kalamayacağını tüm şehir biliyor zaten.

ÇOK KAN(A)DIK

Kabul edelim güzel yaralar aldık. Buna rağmen, güzel hatırladık bizi yaralayanları. Hatta hatıra diye o yaralarda çiçekler büyüttük. Pansuman ede ede, sargı bezi niyetine tutunduk her bir çiçeğin yaprağına. Yetmedi!

Büyük bir uğraşla hayatımıza girip, sessiz sedasız gittiler yere göğe sığdıramadıklarımız. Yere göğe sığdıramadıklarımız, sığdıramadı bizi ne içine yüreğinin ne ortasına hayatlarının.

Kabul edelim, düşünmeyelim diye uykuya sarılıp rüyalarımızdan sıçrayarak uyandık. Yastığımız bile avuttu da gözyaşlarımızı, bir o görmedi kanayan duygularımızı!

Belki de hiç görmeyecek, görmemezlikten gelecek... "Değer mi?" dedik, "Bu kadarcık mıydı değerimiz?" dedik... Debelendik durduk ucu bucağı bitmeyen onlarca sorunun eteklerinde.

Kabul edelim güzel yaralar aldık. Kanamak için uygun saati beklemesine gerek kalmayan, geceye sığındıkça gündüze sıçrayan, bir türlü kabuk tutturmayı beceremediğimiz güzel yaralar bıraktılar bize. Kaşıdıkça mazinin hatıraları, daha bir büyüdü yaralar.

Dur demenin bir zamanı olsa keşke. Keşke dur deyince iyileşiverse her şey. Eskisinden de güzel olsa. Ama kimse, "Geçer." demedi. Teselli edecek kimsemiz yoktu. Çünkü sustuk. Çünkü acısı derinde olan çok güzel yaraları olsa da, çok da güzel susar. Susmanın ardına sığındık.

Biri bilse idi acımızı, çoğaldıkça çoğalacaktı sanki yüreğimizdeki heyelanlar. "Acını paylaşıyorum." sözleri teselli etmeyecekti belki de bizi, bu yüzden sustuk. Susa susa zamana bıraktık... Söylesene zaman: "Pansuman eder misin iyileşmez dediğimiz onca yarayı?"

KIRILDIĞINI ANLAMAYANLARA

Bir de anlıyormuş gibi yapanlar var. Hatta anladığı hâlde kırmaya devam edenler. Lütfen buna izin vermeyin. Sınırlarınız olsun. Geçmişten dersler alın her zaman. Bir olayın tekrardan ayağınıza dolanmasına izin vermeyin. Duygularınıza defalarca yenik düşüp, durmayın. Sizi kırmalarına müsaade ettikçe aynı yerden kırılırsınız. Dur demesini bilin. Yoksa üzerinize gelen çok olur. Sizin iyi niyetinizi görmezden gelip kullanıldığınızı hissettiriyorsa karşınızdaki, o kişilerden güzellik beklemeyin.

Saatlerce dil döktüğünüz hâlde anlaşılmıyorsanız, susun. Sessizliğiniz bile karşı tarafa bir şeyler anlatamıyorsa, siz anlamanız gereken şeyi anlayın lütfen.

Topla gururunu.

Dik dur.

Sen böyle de güçlüsün.

İnsan ne kadar çok kırıldığını onu kıran insandan uzaklaşınca anlıyor.

DUYGULARIMIZI UÇURUMDAN İTTİLER

Verdiğimiz değeri hak etmediler. Bir çırpıda silindi güzel olan ne varsa. **İntihar mektubu gibi kalbimiz. Yaşarken anlatamadığımız ne varsa susarak anlatmaya çalışıyoruz.**

Anlamadılar, belki de anladıkları hâlde üzdüler. Yaramızın yerini hep görmediler zannettik ama bir insan bilmediği yarayı kanatamaz. Herkes kendi yargılarına ve kendi ütopyasındaki kurgularına inanacak. Ne kadar çaba sergilerseniz, o kadar güçsüz kalacaksınız. **Bırakın, sizi anlamak isteyen ses tonunuzdan anlar, gülüşünüze gizlediğiniz yaralarınızdan öper sizi.** Saatlerce kendinizi anlatmayın. Emin olun, ne kadar kırıldığınızı karşı taraf zaten biliyor çünkü kıran ve inciten kendisi. Gezinmeyin istenmediğiniz kalbin sokaklarında. **Çıkmaz sokağa denk geldiğiniz an, anlayacaksınız yanlış kalbin sokaklarına saptığınızı.** Bu kent minnet duygusu silinmiş insanların nankörlükleriyle dolu. Üzüldüğümüz yetmezmiş gibi umudumuzu da aldılar. Bir teşekkür beklerken özür dilettiler kendilerinden. Ne olduğunu anlayamadan, ayrılığın orta yerinde buluyoruz her defasında kendimizi.

Ne kadar üzülsek de güzel sevmekten hiç vazgeçmedik.

HEP GİDERLER Mİ?

Ne çok yoruyoruz şu gönlümüzün dilini. Bize sağır olana kendimizi anlatmak için ne çok efor sarf ediyoruz. Yani çabalamak sıkıntı değil de, onca güzelliklere rağmen giden yine gitmiş hep. Pencerenin kenarından gelir diye beklemişiz. Daha da kötüsü, yalnız geçmemiş olduğunu da görüyoruz o yollardan. Biz yolun ortasında, ne yapacağım bundan sonra diye ciğer çürütürken uğruna ölümü göze alacağımız insanlar başkalarıyla üstümüze basa basa geçmiş! Zira üzülecekseniz, böyle birisini sevdiğiniz için üzülün.

BİR AYRILIĞIN GECESİ

Benimki içten içe bir yıkılış. **Gökyüzümde hiç kuş kalmamış, yeryüzümde bütün çiçekler koparılmış gibi.**

Göğün gerdanından süzülüyor acılar. Yeryüzünün merhametine sığınıyor insanoğlu. Acıdıkça daha bir sarılıyor insan denen varlığın haricinde her şeye. Dedim ya gökyüzünde kuş kalmamış, yeryüzünde bütün çiçekler koparılmış gibi ama yine de, insandan daha da şifa oluyorlar ruhumuza böyle durumlarda.

Radyoda denk geldiğim güzel şarkılar bile anlık mutluluk vermiyor. Huzura eriştiren melodiler uzak diyarlara göç etmiş sanki! Bak bu bir bitişin başlangıcı. Ölen tüm yaralarım dirilmiş, umutlar ise yine yeniden vefat etmiş. Bak bu, güzel duyguların kıyametidir! Sura üfleyen İsrafil gibi kendi kıyametinin davetçisi olmuş acılar.

Kork artık benden, kork! Çünkü seni seven bir kalbi tırnaklarınla söküp aldın. Ve şimdi ardında gecelere bekçi, sabahlara nöbetçi kırgın bir ben bıraktın.

Siz zannediyorsunuz ki
karşı tarafı suçlu duruma
düşürünce gözden düşmeyiz.
Gözden düşersiniz.
Düşlerden de.
Kırıp döküp gidince, huzurun peşinizden
geleceğini mi sanıyorsunuz?
İlahî adalete bırakılan bir haksızlık
varsa, içiniz bir zahmet rahat olmasın
VESSELAM.

AHLAR AĞIR GELİR

Ya hiç gelmeyin ya da gidişleriniz olmasın. Ya hiç sevmeyin ya da sever gibi yapmayın. İkilemde bırakmayın masum bir kalbi ve **kirletmeyin kimsenin papatyalar açan dünyasını**. Soldurmayın evvela gülüşlerini. Gülüşüne sebep olduğunuz insanların gözlerinden, şeffaf kan damlaları gibi akmayın.

Gelecek hayallerini bir kıyamet gibi yıkmayın. Ya umut vermeyin ya da verdiğiniz vaatleri yerine getirin. Yine de gidecek misiniz?

Sağlam gidin. Geride bir yaralı bırakmayın.

Size dair ne varsa söküp alın içinden. Kapatın kapılarınızı, canınız isteyince açmayın. Hatta aralık bile olmasın. Bir süre bekleyin orada. Kilitleriniz olmasın. Nasıl olsa isteseniz bile çıkamayacaksınız oradan.

Hayallerini yıktığınız insanlar daha güzel bir hayali yaşarken, sizler de aldığınız ahların vebalini ödüyor olacaksınız.

Düşünsene, senin için çırpınan bir kalp var ve tüm kalbiyle severken, ağlaya ağlaya ah ediyor. Neydi onu bu hâle getiren? **Nasıl bir can yanmışlığıdır ki bu; saç teline zarar gelmesin diyenle, iki yakası bir araya gelmesin diyen aynı kişi olacak kadar canı yanıyor?** Seven bir kalbe bu kadar ağır yük nasıl yüklenir sahiden?

KAYBETTİNİZ

Size iyi gelen ne varsa kaybettiniz.

Sizi bekleyen, derdinize sızlayan yüreğiyle her sabah pencerenize konan güzel insanları kaybettiniz! O nedenle kazandığınız hiçbir şeyin önemi olmasın hayatınızda. Gitseniz bile, dua ile sizi bekleyen insanları kaybettikten sonra hayatınızdaki olayların yoluna girmesini beklemeyin! **Hayatınızdan çıkarmak için acele ettiğiniz ne varsa onlara muhtaç kalacaksınız.** Yaptığınız tüm nankörlüklerin bedelini, size sunulan sevgiden mahrum kalarak ödeyeceksiniz. Maskeniz düşünce gözden düşeceksiniz. O zaman göreceksiniz, görmezden geldiğiniz o değerin değerini! Yaptığınız tüm zalimlikleri görmezden gelen insanlar varsa, oturun bir zahmet değer bilin.

Can yakmak için harcadığınız o emeği, bir insanı mutlu etmek için harcamış olsaydınız, şu an çoktan cennet kapılarını aralamıştınız dünyanın. Ama siz ısrarla, size cennet sunan kim varsa, dünyasını cehenneme çevirip arkanıza bile bakmadan çıkıp gittiniz.

İçini ferah tut.

Mutsuz edip mutlu olan görülmedi daha. Er ya da geç sana siyah sunan insanın da dünyası kararır. Belki sen göremezsin, belki de artık önemsemezsin ama unutma zaman intikamını mutlaka alır. Seni sokak ortasında ağlatmasını unutursun, yapılan ihaneti de affedersin. Artık umurunda bile olmadığı bir vakit onun aklına düşeceksin. Kâinatın kuralı böyle, hasret kaldığın ne varsa sana uzak kalır. Ne zaman ki ondan vazgeçersin, o vakit kapın çalınır.

KALBİNE GÜZEL BAK

Lütfen ön yargılı olmayın. Bilmediğiniz, tanımadığınız insanlar hakkında yorum yapmayın. Dışarıda görmüş olduğunuz tepkiler için insanlara kimlikler giydirmeyin. Sahi, oturup iki sohbet etmediğiniz insanlardan nasıl nefret edebiliyorsunuz? Neye göre, kime göre yargılar alıyorsunuz? Bu kadar basit mi sahi insanlık ya da biz ne ara bu kadar kusur arayan bir toplum olduk?

İnsanlar da güzellikler arayın ki kalbiniz güzelleşsin. Siz gülümserseniz gökyüzü de size gülümser.

Unutmayın siz nasılsanız karşınızdakini de öyle görürsünüz. Umarım baktığınız her yerde çiçek açar.

Belki de yıllar sonra bir daha görmeyeceğiniz insanların vebalini ahirete götürüyorsunuz. Şöyle düşünün, tanımadığınız bir insanın sizin hakkında nasıl bir yorum yapmasını isterdiniz? Söylemiş olduğunuz cümlelerin sizin ardınızdan söylendiğini bir düşünün. Tepkiniz ne olurdu?

"Ama ben onun gibi değilim." diyorsanız eğer, zaten kınamış olursunuz ve kınadığınızı da yaşamadan ölmezsiniz.

Güzel düşünün. Kalbiniz, güzelliklerle beslenip karanlıklarla kararır. Umarım hep ışık saçar niyetleriniz.

Güzel kalsın kalbiniz.

Evet, günümüz şartlarına baktığımız zaman bu biraz zor görünebilir ama kalbinizi güzel tutmak istedikten sonra her şey mümkün. Karşımıza türlü türlü insanlar çıkıyor ve çıkmaya da devam edecek. Sizden alıp götürdükleri kadar kattıkları tecrübelere odaklayın kendinizi.

Unutmayın ki "Hayat sizi, sizden aldıklarıyla büyütür." Başınızdan ne geçerse geçsin, kalbinizden sadece güzellikler geçsin.

Kin tutmayın, nefret etmeyin.

İntikam hissini büyütmeyin.

Bunları elbette yaşayacaksınız ama ömür boyu sürdürmeyin. Zaman sizden bir şeyler alacaksa, bırakın bunları alsın.

Zaman, sen ne güzel bir ilaçsın.

Acıları yaşatan, hiç geçmeyecekmiş gibi olan tüm sızıları hiç yaşanmamış gibi silensin.

Gözümüzde büyüttüğümüz insanların, aslında ne kadar da toz tanesi olduğunu gösterdin uçup gitmeleriyle.

Yüzümüzdeki çizgiler ispattır ki kanıksadık artık hüzünleri. Vız gelir oldu çekip gidişler.

Emanet sevmelerin boy gösterdiği camekânlar süsledi dünya vitrinini.

Ey zaman, sana bile kırıldık yeri geldiğinde. Silmedin, silmeyeceksin zannettik tüm olumsuzlukları ama yaşadık ve gördük ki toz olup uçanların esamesi kalmıyor senin sayende.

SEVMEKTEN VAZGEÇME

Mutlu edin, mutlu olun. Size yapılan haksızlıklar elbette olacaktır, o zaten kâinatın kuralı oldu. Haksızlıklar karşısında yıkılmadan ayakta durun.

Elbette üzülüp kırıldığınız günler olacak. Ağlamadan uyuyacağınız günler de gelecek merak etmeyin. Elinizden geleni yaptıktan sonra geriye yaslanın ve gerisini ilahî adalete bırakın. Yapılan haksızlıklar er ya da geç yerini bulacaktır. Üzmekten çekindiğiniz insanlar sizi parçalayınca anlayacaksınız, herkes için her şeyden vazgeçilmezmiş, bırakın güzel kalsın kalbiniz. Yeni güne başlamaktan korkmayın.

Yeni insanlar tanıyın.

Yeni yerler keşfedin.

Kitap okuyun, müzik dinleyin. Ama giden birisinin gelmesini artık beklemeyin. Gelse bile hiçbir şeyin eskisi gibi olamayacağını bilin.

Güzel sevin, güzel kalın.

İSTANBUL, AYRILIK ŞEHRİ

Asla gitmem, onlar gibi değilim deyip gidenler oldu. **Veda edilmeden biten sevdalara gebe İstanbul. Ondandır denizinin boğazına düğüm oluşu... Sen daha iyisine layıksın, sen çok iyisin gibi basit cümleler duyduğumdan beri, iyi olmanın çokta iyi bir şey olmadığı düşüncesindeyim.**

Gidişin bile korkakça senin... Ben seni yıkılmaz bir dağ zannettim, oysaki sen hep boşluktun. Ve ben o boşluktan atlayalı çok oldu. Bence sen artık git. Âciz cümlelerin dilinde dönerken, ben dönmemekten yanaydım hep. Kalbinizi alıştırmayın basit insanların sevgisine. Ağır gelir sevginiz yüreği iki gram olan insanlara.

Seveceksen uzaktan sev. Anlaşılmıyorsa sevgin, susmayı öğren. Sus ki senin sevginle kibir yapmasın kimse. Sen unutmanın mutluluğunu yaşarken, o hâlâ seviyor zannetsin.

BEN BUYUM

Tutmadığım sözlerim yok benim, güzelliklere tutunamayan insanlar için. Neysem o oldum. Kimse beni sevsin diye de yalandan gülmedim yüzlerine. Yüzlerine söyleyemediğim şeyleri de, arkalarından konuşmak gibi bir derde de asla düşmedim. Kimsenin yerinde olmak istemedim. Olduğum yeri sevdim. Yarı yolda kalsam da yolda bırakmadım sevdiklerimi. Üzüldüm, ağladım, kırıldım ama kin tutmadım. Ders aldım yaşadığım her şeyden.

Elimden geleni yaptıktan sonra gerisini Allah'a bıraktım. Ne kadar iyi olursam olayım insanlar kendileri gibi bilecekler ne de olsa, o nedenle kendim olmaktan asla vazgeçmedim. Uğraştım, didindim.

Bana bir adım atmayanlar için dizlerimi kanattım. Başımı yastığa koyduğumda rahat bir vicdanım var. Bundan da ötesi yok. Kalbime yakışanı yaptım her zaman. **Kalbime yakışmayan insanları da yakıştıkları yerlere bıraktım.** İnsan zamanla fark ediyor aslında, karşısındaki insanın sonradan nasıl da basit bir insana dönüştüğünü. Bunu nasıl beceriyorsunuz bilmiyorum ama gözümüzdeki perdeyi gitmeden önce kaldırmayı hep başarıyorsunuz. İyi ki de kalkıyor gözlerimizdeki perde, yoksa biz o yalan sahnelerin gerçek oluşuyla kandıracağız kendimizi

İLK ACIMSIN, İLACIMSIN

Önce mutluluktan ayakların yerden kesilecek, sonra umutların. Ne olduğunu anlamadan savaşacaksın. Galip ya da mağlup olduğunu bile bilmeyeceksin. Ezbere bildiğin tüm yolları şaşıracak, kendine bile yabancı olacaksın, o çok tanıdığını zannettiğin yabancı yüzünden.

İlk yenilgin.

İlk sevgin.

İlk yaran.

Son bulsun isteyeceksin.

Son bulmasını istediğim gibi. Tıpkı benim üzüldüğüm gibi üzüleceksin sen de. Yalnızlıktan geberdiğim şu saatlerde kimseye kırgınlığım bile yok. Kafamdaki soru işaretleriyle kavga ettiğim o zamandayım.

"Ne oldu, ne bitti, kim gitti, neden gitti, kim suçlu, kim güçlü? Kalan gitmemişse bile güçlü müdür?"

Kırgınız işte.

Saç diplerimizden kalp hücrelerimize kadar.

İlk kez bu kadar seviliyorum heyecanı kursakta, yalnız kalınca anlıyorsun hiç sevilmediğini.

BEN SENDEN GEÇTİM

Ben artık senin için üzülmüyorum. Zira üzüleceksen artık buna üzülmelisin. Gelir mi diye beklemiyorum. Hatta gelme diye bana gelen tüm yolları ateşe vereli çok oldu.

Seni sevmiyorum.

Seni düşünmüyorum.

Seni istemiyorum.

En kötüsü de ne biliyor musun?

Artık nefret bile etmiyorum.

Kıyamete çevirdiğin dünyam artık daha sakin. Sokaklarımda çocuk sesleri, kahkahalar ve renkli balonlar var şimdilerde. Bir şiirin yarım kalan hâlisin. Unutulmuş ve kimsenin uğramadığı bir kentsin artık.

Bak!

Bak bensiz ne kadar da değersiz ve sıradansın. **Kabul et çirkinsin bensiz.** Kabul et, güzel görmüyorum artık seni. Ve yapılan hiçbir haksızlığı da sineme çekip oturmuyorum bir köşede. Ama sana bir isyanım da yok artık. Bak!

Bak, bensiz atmayan bir kalpsin.

Ağlamıyorum artık.

Zira ağlayacaksan buna ağla.

ÇİRKİN KALPLERDE GÜZEL SEVGİ ARANMAZ

Savaşacaksınız kendiniz için savaşın. Sizi bir savaşın ortasında bırakıp giden birisi için değil. Sevecekseniz, sizi seven birisini sevmek zorunda değilsiniz ama sevdiğiniz insan en azından o sevgiyi hak etmeli. Sevmek durumunda değil elbette. Hayatta her şeyin karşılığı olmuyor ne yazık ki bu yüzden sevecekseniz sizin sevginize saygısı olanı sevin. Zira bazı sevgi fukarası insanlara kalbini gösterince EGO'ları kabarır sadece. Olmuyorsa, elinden geleni yaptığın hâlde kırılıyorsa kalbin, bırakacaksın onu orada. Ona en güzel unutulmak yakışır. Unutmak kolay bir eylem değildir. İrade gerektirir, güç gerektirir. Ama sevgin ne kadar büyükse, iraden ve gücünde bu kadar çok olur. Unutmak zorundasın. Güzel günlere gitmek için, yerli yersiz ağlamamak için unutmak zorundasın. Çünkü insanlar fazla vefasız, sizin sevginizden kaynaklı göstermiş olduğunuz davranışları acizlik ve güçsüzlükle adlandırırlar.

Oysa sevmek teslim olmaktır. Kalkıp da bunun güzelliğini hiç sevmemiş birisine anlatamazsınız.

YANLIŞ YOLA SAPTIK

Başladığımız noktaya geri döndük hep. Yapmam dediğimiz hataları defalarca yaptık. Ayrıca hata dediysem, bazen iyilikler de hata gibi olabilir, ondan bahsediyorum. Mesela bir çiçeği her gün suluyorsun, sohbet ediyorsun, pencerende güneş gören bir yere koyuyorsun. Sonra bir bakmışsın hiç büyümüyor, o zaman anlıyorsun plastik bir çiçekmiş. Bakın değer bilmeyene değer vermekte böyle bir şey esasında.

İçinde şimşekler de çaksa sen kırmamak için uğraşıyorsun.

Israrla içi çürümüş insanların kalbine çiçekler ektim durdum.

Ha sahte çiçek ha seni anlamayan bir kalp. Bu ikisine de verilen emeğin beni bir yerlere götürdüğünü görmedim. Evet, her şeyin karşılığını beklemek doğru değil ama abi insan biraz da sevilmek istiyor be.

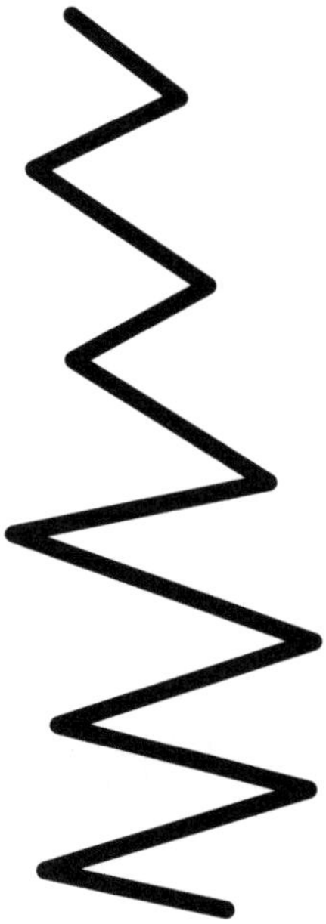

Ne çok yanılgılar var değil mi hayatımızda? Hata yapmaktan, yanılmaktan korkmayın. Tecrübeler biriktirin... Böylelikle bir sonra olan olaylara bakış açınız değişecek. Kırıldığınızı sandığınız noktada kendi hatalarınızı da göreceksiniz.

Hata yapmaktan değil, hataları tekrar etmekten korkun.

AŞKIN ADALETİ

Ben her zaman ilahî adalete inandım. Kimseden intikam almak gibi bir derde de asla düşmedim. Çünkü biliyorum, zaman en iyi intikamcıdır. İnsanların yapmış olduğu kötülüklerin yanlarına kâr kaldığını da görmedim. **Rabbim bazı şeyleri ahirete bırakmaz.**

Ortada söylenmiş yalanları, "Beyaz yalan, senin için yaptım." gibi vicdan rahatlatma metoduna da toleransım olmadı asla.

Ortada bir yalan varken bunu masumlaştırmak, zaten vicdanın köreldiğinin en büyük göstergesidir.

Hep demişimdir, "Çevremdeki herkes benden çok mutlu olsun." Mutlu olsun ki benim mutsuzluğumla mutlu olacak kadar alçalmasın.

Bazen, özellikle yalnız kaldığımda
hissediyorum yalnız olduğumu.
Bu devre ait olamama hissi var hep
içimde, ondandır böyle arada kalışlarım.
İnsanların kibirden uzak, birbirleri
için gerçekten savaş veren, değer
veren, emek veren o dönemlerde
yaşamayı hayal ettim hep. Bu çağın
insanı değilim. Kabullenmişim. Ondandır
insanlara kendimi anlatamayışım,
insanların beni anlamayışı.

GİDİŞİN, KURTULUŞUDUR MASUMLUĞUMUN

Şimdi gidiyorsun.

Hiç gelmemiş hiç sevmemiş gibi.

Tüm kurulan hayali kül tablasına atar gibi.

Gidişin bile bir adabı vardır. Vicdan rahatlatmak için gitmek yerine, benim gitmem için uğraştın sevgilim. Bu en büyük vicdansızlık değil mi zaten?

Bu seven bir kalbe yapılan en büyük ayıptır.

Gecenin bir yarısı yatağın orta yerinde ağlarken buldum kendimi. Bu öyle kolay atlatılacak bir kalp kırıklığı değil.

Farklı bir şehre gitmek, saçlarını kesmek ya da sürekli gezmekle geçecek bir kış değil bu.

Bu bir kentin yıkılışı, bir imparatorun ölüşü, yıkılan kentin sahipsiz kalması gibi.

Bunu anlatmak için belki de bulutlardan atlamak gerek. Gözyaşlarımı cebime koyup sessiz bir yerde, içimdeki kız çocuğunun saçlarını tarayarak ağlamam gerek.

Sahi neden gittin?

Kin tutsam belki kolaylaşırdı işim.

Biraz kızar, biraz söverdim.

Ama ben kendime kızıp hâlâ hatayı kendimde arayıp severek bekliyorum seni.

Bak bu çaresizliğin zirvesidir.

ÇİRKİNSİN BENSİZ

Beni unutma demiyorum. Sen beni unutamazsın. İçindeki aşkın biter, özlemezsin artık eskisi gibi. Aklına gelmediğim günlere merhaba dersin.

Ama unutamazsın.

Çünkü dünya üzerinde hiçbir kalp ne kadar kötü olursa olsun, kırıldığı zaman onu seven kalbi daima hatırlar. Sen, seni seven kalbi kırdın. Bak bundan daha kötüsü yok. Ben sana kıyamazken, sen kendine en büyük kötülüğü yaptın.

İyi olduğunu zannettiğin yerden kalbin sıkışacak, **kahkahaların hıçkırıklarına karıştığı zaman hatırla beni.**

Ayakların üşüdüğü zaman ayaklarını öptüğümü hatırlayacaksın. İşte o zaman anlayacaksın, o ayakların benden sonra seni hiçbir yere götürmeyeceğini. Sigara dumanından sararan parmaklarına bakışların değdiği zaman, sana sigaranın zararlarını uzun uzun anlattığımı hatırlayacaksın. Anımsayacaksın en büyük zararın bensizlik olduğunu.

Hep bir burukluk olacak gülüşlerinde.

Benden sonra belki hayatında her şey yoluna girecek. Daha huzurlu olacaksın. Kahkahaların yan masalardan duyulacak. Başını kaldırıp seni izleyen herkes ne kadar mutlu olduğunu düşünecek ama adını koyamadığın bir boşluk dolduracak içini.

Çünkü sen, sana dua eden bir kalbi kırdın. Seni koruyan bir tılsım olmayacak artık.

Farkına varmadan terk edileceksin. "O olsaydı gitmezdi." diyeceksin. **O zaman anlayacaksın yüreğimin başka şehirlere, başka şiirlere taşındığını.**

"Beni çok sevdi." diyeceksin, ben bir başkasını severken. Onun yerinde olmadığın her güne küseceksin.

Sen beni unutamazsın.

Ama ben seni unutacağım.

Yüreğimi bir kelebeğin kanadına bağlayıp mavi bir kente göç edeceğim.

Hatta ne kadar çok sevildiğimi hissedip, "İyi ki bitmiş." diyeceğim.

En kötüsü de bu değil mi zaten? Sizi çok seven insanlara sevilme duygusunu unutturup "İyi ki bitmiş." dedirtmek. Seven bir kalbe yapılan en büyük darbe. En büyük hakarettir sevildiğini unutturmak.

AŞK HER KALPTE YOKTUR

Seni mutluluktan bulutlara çıkaran ile o bulutlara hayallerini asmana sebep olan aynı kişiyse, o insandan artık aşk bekleme.

Kırmızı kar yağmasını bekle mesela ama o insanın seni sevmesin bekleme, sana şefkat dolu sözlerle kucak açmasını bekleme.

Her insan kalp kırabilir. Bu zaten normal bir durum. **Kırıldığın yerden toplamıyorsa karşındaki seni, buna üzül.**

Umudunu da cebine alarak çekil o hayattan.

Dönerim diye gidenlerin arkasından kapıyı siz kapatın. Bırakın gitsinler.

Senden aldığı ne varsa sadakan olsun. Sevilmeyi bir tek sende hissetti. Bırak unutulduğunu da hissetsin.

Aşkta gidiş biletleri vardır da dönüş biletleri olmaz hiçbir zaman. Burası böyle bir dünya. Aşkı anlamayan insanlara aşkı yakıştırıyoruz. Ve aşk o gün ziyan olmaya başlıyor yavaş yavaş.

YALANDAN SEVMELERE KAPALI KALBİM

Sen benim kendimle olan ilk savaşım değilsin. Ama kendime olan ilk yenilgimsin.

Bu yüzden artık gelme sen. Yorulduğunda dinlenebileceğin son duraktı kalbim. Her defasında hesabı ödemeden gittin de, bir kez olsun düşmedim ardına. Ve sen o durağı ateşe verdin, ısınmak için.

İşte bu yüzden sana soğudu içim. Yanacaksan artık buna yan.

Ben senin sigara içmene kıyamazdım. Bak küllerim dolup taştı. Zira yakacaksan buna yak bundan sonra.

Gün geçtikçe herkes gibi olmuşsun. Sıradan olmuş gülüşün, dokunuşun, duruşun. Saçların bile sıradan olmuş. Sen artık hiçbir şeye değmezsin. Sen benim ezbere bildiğim yollarımdın. Ben artık o yoldan çıktım. Artık mahşerde bile yolun yoluma çıkmasın.

Gülüşün başka gözlerde gezinmiş, işte bu yüzden gezinmiyorum artık karanlık sokaklarında. Kendi sokağında kaybolduğun zaman anlayacaksın kalbindeki çamurlu yolları.

Sen yaralarını iyileştirip yara açtın bana. Bak bu ölünce bile unutulacak şey değildi belki ama ben bunu bile unuttum.

Beni sevmelerini.

Şarkılar söylemeni.

Gezindiğim tüm yolları unuttum, beni hiç sevmemiş gibi baktığından beri.

Gözün aydın olsun. Bak bitirdin bizi!

Vazgeçtim.

Bir yabancı gibi konuştuğunda anladım zaten bir yabancı olduğunu. Ben kendi dünyamı kendim yaratmışım. Sen yalanlarla süslerken cümlelerini, ben bile bile inanmışım aslında.

Sen bana kalbimin hak etmediği şeyler yaşattın. Sen de bundan sonra hak ettiğin şeyleri yaşa!

Biz senin gururuna
yenik düştük.
Kibrin yüzünden
ayrıldı yollarımız.
Artık hiçbir yol bir
araya getirmez bizi.

BİZ BİTTİK SEVGİLİM

Bu kez sağlam bittik. Çünkü ben bile çabalamak istemiyorum artık. İçim anlatamadıklarımla dolu sana. **Sarılsak bile ayrılık kokar gülüşlerimiz.**

Başkaldırdığım bu sevgiden başımı öne eğerek gidiyorum...

Bu kez gelme diye tüm yolları ateşe veriyorum. Dikenlerle dolduruyorum bana gelecek her adımını. Bilirim seversin kendini. Kıyamazsın kendine.

Ben de kıyamazdım sana. Mesela herkesle arama ördüğüm duvarları aşmakta zorlanma diye kendi ellerimle yıktım.

Sonradan anladım, meğer o duvarlar benim üzerime yıkılmışta kalkıp bir tuğla çekmemişsin üzerimden. İnsan ne kadar çok kırıldığını unutunca anlıyormuş. Onu gözden çıkarınca, aslında çokta büyütülmeyecek birisini olduğunu sonradan anlıyormuş işte.

Bu kez sağlam üzüldüm.

Üzüldük diyemiyorum, sevginden emin değildim. Ama üzülmediğinden eminim artık.

Biz bittik sevgilim. Hiçbir yolum çıkmaz artık sana.

Bilsem ki sana muhtaç kalacağım, ellerimi keser yine de el açmam sana.

Soğudu içim. Mevsim yaz olsa da, beni gecenin bir yarısı gözlerimden akan sele mağdur ettiğin için boğuldu sana olan sevgim.

Benim sana sunacak bir nefretim bile yok artık. Öyle sağlam bitirdin kendini.

Gelir mi diye beklemiyorum artık. Gelirsen dilinde dolaşan yalanlarınla geleceksin. Bu kez bitti içimdeki güzel olan ne varsa.

Sen hayatındaki son evini yıktın. Soluklanıp dinleneceğin son ağacı kendin kestin. Ziyafet gibi sunulsa da önüne aşk, aç kalacaksın. **Gittiğin yerler yakışmış sana**. Ben şu saatten sonra fazlayım sana.

Yangınlara verip gittiğinden beri içimdeki tüm güzellikleri küle çevirdin. **Artık sana unutulmak yakışır.**

Sen yıkılmış şehrin, deniz
kıyısındaki huzurusun.
Savaştan çıkmış çocukların
elinde tuttuğu oyuncağı kadar
değerli ve umut dolusun.
Kurak çöle yüzyıllar sonra yağan
yağmursun.
Sen, çürümüş duvara güzellik
katan o papatyasın.

GİTMEN İÇİN YAPILDI O YOLLAR

Seni affetmeyeceğim.

Ve seni affetmemenin ne kadar acı dolu bir duygu olduğunu inan tahmin bile edemezsin. Annenden çok senin sızılarına sızlandığım hâlde, beni senden vazgeçmek zorunda bıraktın.

İçimdeki kıyametleri bildiğin hâlde, benden giderken bayram neşesi yaşadığını ölsem unutmam. Bayramın cenazen oldu da bunu bile görmezden geldin.

Yahu o nasıl gitmek öyle?

Gitmenin de bir adabı vardır. Bu nasıl narsistlik! **Sana açtığım tüm yolları kapatarak gitmek niye?**

Ben yenildim sana. Toydum. Bilemezdim çok sevmenin, fedakârlık yapmanın boşa çıkacağını. Düzeltmek için uğraştığım her şeyin beni mahvedeceğini, düzenimi bozacağını bilemezdim ki. **Ben sana en saf hâlimle gelirken sen en kötü hâlinle gittin.**

O nasıl bir çirkin gidiştir? Eşi dostu güldürdün. Biter diyenlerin haklı çığlıklarını duymamak için kaçtığım yerler çukurlarım oldu.

Sahi, mavilerimden ne istedin? Ben sana güzellikler sundum. Bu çirkin bitiş neden?

Gökyüzünü kördüğüm edip karartmak neden?

Ben seni istesem de affedemem ki. Evet, seni unutacağım ama affetmeyeceğim. **O büyüklük ben de kalmayacak bu kez.**

Bir düştün, eskiden. Sonra gözümden, gönlümden düştün. Düştüğün yerden seni kimlerin kaldırdığı artık umurumda bile değil. Kutla çirkin kalbindeki çirkin zaferini.

Yakındır, hiç sevilmeyecek olmanın sende yaratacağı yas. Ve gözlerinden akacak yaş.

Adın anılmaz artık lügatimde. Ve neşeme değmeyecek artık hüznün. Kendi yaranı kendin sar bundan sonra. Ayrılıkla eş zamandı sevgin.

Sözün geçmez buralarda. Koşarak geldiğim yolları ateşe vermek zorunda kaldığım için seni affetmeyeceğim. **Ve seni affetmediğim her gün için kalbine neşterle işaret atacaksın.** Geri dönüşlerinin ben de değeri biteli çok oldu. Sen bilmiyorsun, ben her şeyi biliyordum. Sabrettim. Sabrettikçe sevgim güzelleşti. Bundandır seni güzel görmem. Fakat bundan sonra hiçbir sızını da görmem. Duymam. Bilmem.

İnsan en çok emeklerinin boşa gittiğine üzülüyormuş böyle durumlarda. Ayrılık kelimesi ağzından çıkmazdı ama bir anda çıktın hayatımdan. Sen olsan kendini affeder miydin? Şimdi hangi özür geçerli olur bu yürekte? Tüm güzelliklerle gelsen bile çirkin gidişin hep kalacak aklımda. Belki zor günler geçireceğim, kendime gelemeyeceğim ama sana da dönmeyeceğim. Bu kez aşkın ve affetmemenin vermiş olduğu ihanetlerle doldu kalbim.

Aramaktan sormaktan vazgeçtim. Bilmediğim bir dilin hiç duymadığım bir ağıtı olacak dilinde. Beni duymazdan geldiğin sesimi özleyeceksin. O olsaydı da çok konuşsaydı diyeceksin. O zaman anlayacaksın bir kadının sevince kavga edeceğini, ufacık bir şeyi dağ edip çözümü de kendinin bulacağını.

Bu kez zor problemlerinde kolay çözümlerin olmayacak artık. Girdiğin her yolun çıkmaz, denizlerin siyah olacak. Tüm yollarının yokuş olduğunu seni sırtımdan indirdiğimde anlayacaksın.

EN GÜZEL YANILGIM

Kendime de kızıyorum hatta yazıklar olsun diyorum en çok. Tüm kalp kırıklıklarına rağmen hâlâ ufacık bir çaba bekliyorum sen tarafından. **Üzerime yıktığın duvardan bir tuğla çeksen iyileşecek sanki yaralarım ve sağ çıkacağım o aşk enkazından.**

Bana da yazık, aşkı hâlâ en çok sana yakıştırıyorum, hiç sevmemiş gibi gidişine rağmen sanki en çok beni sevmişsin gibi seni bekliyorum. Beklemenin boşa gideceğini, gidenin dönmeyeceğini şu inatçı kalbim kabullenmedi bir türlü. Nasıl inanmışsam, nasıl inandırmışsan kalbimi hâlâ bir yerlerden çıkıp geleceğini hissediyorum. Bir hastanın son nefesini verirken yaşamayı hayal etmesi gibi. Ama olur öyle arada. İnsan öleni kabullenmiyor kolay kolay. Bu aşkın üzerine toprak atılmış çoktan. **Cennetimden çiçekler çalıp cehenneme götüremezsin. Oraya bile almazlar seni.**

Koca bir yanılgı.

Bitmiş bir kitap, hiçbir radyoda çalmayacak şarkı.

Kralı ölmüş şehirsin artık.

Geçmez yollarım yollarından bilirim. **Sen zaten beni yarı yolda bıraktığın o yola bile gelmemişsin üstelik.** Yoksa arkamı döndüğümde en azından sırtını görürdüm, izlerin bile kalmamış bu şehirde. Hayatta mısın? Gündüzlerim geceye büründü bir anda, neşem hıçkırıklara karıştı, sahi hayatta mısın? Nefes alırken boğazına jiletler diziliyor mu senin de?

Geçmiş olsun.

Yıkık bir şehirde düzen kurmaya çalıştım.

Geçmiş olsun.

Yalana bulanmış bir aşk geçti üzerimden.

Biraz ihanet.

Biraz bilinmezlik.

Çokça nankörlüklere gebe bir adam sevdim.

Canlı çıkamam bu depremden, üzgünüm. Bu öyle basit bir sarsıntı değildi. Bu beynime kızgın çiviler saplanan bir sarsıntıydı. Verilen tüm sözlerin boş olduğunu kabullenmeye çalışmakla geçti aylarım. Ne oldu, nasıl oldu demeye kalmadan olan olmuştu çoktan.

Bir adam nasıl olurda adamlıktan bu kadar uzaklaşabilirdi.

Merhametini kimin koynunda unuttun da böyle merhametsizlikler sundun bu şehre.

Sen de haklısın. Olduğundan fazla gördüm seni. **Görmediğin, belki de hiç göremeyeceğin bir sevgiyi bıraktım kollarına. Seni suçlamıyorum. Kim olsa korkardı böyle bir aşkın ağırlığından.** Senin kolların güçlü olsa da taşıyamadı o aşkın ağırlığını. Minnet zor gelir, güçlü rolü yapan güçsüz insanlara.

Kim olsa yarı yolda bırakır. Kim olsa cesaret edemezdi sevmeye.

ÜŞÜYOR ÖZLEMİM

Benim özlerken çok canım yandı.

Özlerken insan düşünemiyormuş. Çok tembihlemiştin beni. Kapıları üzerime kilitlerken, gelmeyeceğim dediğin hâlde pencere kenarında bekledim seni. Bu da benim ayıbım. Bu da aşkımın sızı dolu hâlleri işte.

Geçen gün sana çok ihtiyacım vardı. Üzerime kilitlediğin o evde yangınlar çıktı. Ama arayamadım seni. En acısı da buydu. İnsan en çokta böyle zamanlarda anlıyor bittiğini. Gecenin bir yarısı yatağından sıçrayarak uyandığında, güzel bir haber aldığında ve arayamadığında anlıyor tükendiğini.

Ciğerimin sol köşesi.

Can parçam.

Can parem.

Söylenen hiçbir kelimenin fayda etmeyeceğini bildiğimden susuyorum artık. Anlattıklarımı da anlamamıştın üstelik. Hatta yanlış anlamışsın. Senin için sergilediğim tüm çabalarım seni benden daha da uzaklaştırmış. Bir insana bu kadar kötülük yapılmazdı. Sen nasıl yaptın?

Sessiz kalışlarım bir şey ifade etmez bilirim.

Değiştim. Çok değiştim. Kabullenmediğim ne varsa kabullendim. Cam kenarında beklemiyorum artık. Biliyorum sen benim sokaklarımdan hiç geçmeyeceksin. Ben senin sokaklarında kaybolduğumla kaldım.

Değişmeyen tek şey bu özlem. Gün geçtikçe katlanıyor, daha da büyüyor. Bazen nefesimi kesecek diye çok korkuyorum. Annemle göz göze gelmemeye çalıştığım çok zaman oldu. Sanki bir kez baksam gözlerine anlayacaktı her şeyi. Biliyorum bana en çok annem üzülecek.

Özlüyorum.

Hatta sana kırgın olduğumu bile unutuyorum. Adının geçtiği yerlerde yüzümü öne eğiyorum. Gizliden gülümsüyorum. Hissedersin zannediyorum kırgınlıklarımı. Kızmıyorum merak etme.

Zararsız bir şekilde özlüyorum sadece.

En olmadık anda.

Bir kahkahanın ortasında.

Gecenin köründe.

Sabahın üçünde.

Alnımdan öpsen,

Gözlerimden akacak

iki damla yaş,

Yeşertecek kalbimin

kurumuş çiçeklerini.

YORGUN KALPLERİMİZ

Yalnızlar olarak fazla kırgınız bence.

Fazla yorgunuz. İnancımız da kalmamış üstelik.

İçimizdeki şehir yıkılmış ama sokaklarımızda hâlâ çocuk sesleri var.

Bayramda kapımız çalınıyor.

Hayatımıza giren herkes sen çok iyi bir insansın diyor, güveniyor. Gidiyorlar ama konumuz bu değil zaten.

Değmeyecek insanlara değer verdiğimiz için yalnızız.

Bu da onların ayıbı olsun.

Yalnızlık en çok güzel sevenlere yakışıyor. Kalp kırıp yalnız kalanlar belalarını çekiyor. Onlar bizden değil, karıştırmayalım.

Yalnızlar olarak çok fazla değer veriyoruz. Sevgiye açız ya, hani birisi önümüze yalandan sevgi bile sunsa gerçek zannedip kapılıyoruz. Hatayı biraz da kendimizde arayalım mı?

Mesela bazıları gideceğini önceden belli ediyor. Kabullenmiyoruz işte. Kabullensek, o gitmeden biz gideceğiz belki ve bu kadar yanmayacak canımız. Aşkı inkâr edenlere âşık olup aşkı ziyan ediyoruz.

Bu şehirde radyolardan şarkılar dinleyen çok az insan var. Beklentisiz sevenler olarak, kendi egosu uğruna aşkı ziyan edenlere gebe kalmışız.

"Bu kentin
yalnızları
fazla kalabalık."

UĞRAMAZ MI KALBİNE SEVGİ

Bu bir vazgeçişin sancılı hâli. Bir depremin geriye kalan enkazı. Paketteki son sigaranın kırılması gibi. Bu ağrılı bir ayrılık sadece. Tozlu raflara kaldırıldı sana dair ne varsa.

İlk bakış.

İlk dokunuş.

İlk ihanet.

Yutamadığım ne varsa yüzüne tükürmeye kıyamadığımdan susuyorum. Gitmek, en güzel çözümdür böyle anlarda. Kalsam kendime ihanet, gitsem yarı yolda kalmışlık hissi.

Elbette gitmek ağır basıyor.

Gidiyorum bende. Sevmediğimden değil, sevilmediğimi tüm çıplaklığıyla gördüğümden. Bu son dediğim hiçbir mesajın ve aramaların sonu gelmedi. Fakat seni bu son yazışım kâğıda. Her yerde adın geçer ama adımın yanına adın bir daha konulmaz asla.

Asla anlayamadım insanları. Neden kendisini seven kalple yetinmezler de çirkin yüreklere akarlar. Gitmem diyerek girdiğiniz hayatlardan çıkarken, içiniz hiç mi sızlamıyor? Olsun diye uğraştıktan sonra, nasıl oluyor da çabaladığınız insanı geride bırakıyorsunuz? Her şeyden öte bir emeğiniz var. İnsan bunun hatırına sabreder, çabalar. İnsan bunun hatırına yarı yolda bırakmaz.

Merak etme varlığım rahatsız etmeyecek seni. Duymayacaksın bu yüreğimin sancılarını. Oturup sabahlara kadar kendimden ödün vere vere anlatmayacağım hiçbir şeyi. Bak ben kabullendim yapılan her şeyi. **Rahat olsun vicdanın. Ki hâlâ varsa.**

Aramıza soktuğun o uzaklık, senin kendine olan en büyük ayıbın. Çünkü senin gibi sevilmeyi herkes hayal eder. Ben bile kendimi bu kadar sevmezken, sana yüreğimde bahçeler büyüttüm de görmezden geldin.

Gözün aydın!

Bu kez gözümden düştün. Umutla ektiğim hayallerim bugün kurudu.

Sana körüm.

Sana sağırım artık.

Merak etme nefretim yok sana, olamazda. Bu sevgiyi o kadar basitleştirmedim.

Sen artık bir kitabın bilinmeyen hayali karakterisin. Adın geçmez, bilinmezsin. Sayfa sayfa yazdım seni, şimdi bir bir siliniyorsun. Bu biraz can yakıyor ama olsun, her bitiş biraz can acıtır.

Bir insan aynı yarayı kaç kere alır? Kaç kez yenilir bir kadın bir adama?

Bu kez ilki kadar yanmadı canım. Biliyorum tanıdık geldi bu ayrılık. Üstelik sen bu kez kalmaya da gelmemiştin. Ama en kötüsü de ne biliyor musun? Benden sonra gittiğin her durakta adım yazılacak.

Önceleri kolay geçecek. Hissetmeyeceksin bile. Ama bir sabah ansızın sıçrayacaksın uykularından. Kan ter içinde kalınca anlayacaksın bir girdabın içinde beni unuttuğunu.

Olsun dedim.

Sen kırdın, ben özür diledim. Olsun dedim, aman o mutlu olsun da nasıl olursa olsun. İşte öyle olmuyormuş abi. Bu devir o devir değilmiş işte. Ben orada hata yapıyorum. Kendimi anlatmaya çalıştıkça, kendi cümlelerimin arasında kaç kez kaybolduğumu ben bile unuttum da, senin ben de açtığın yaraları unutmadım.

Olsun. Yine de canın sağ olsun.

Onca kalp kırıklıklarını avuçlarıma bıraktın ya, senin gönlün sağ olsun.

Bir kadın aynı yarayı kaç kez alırsa, işte o yarayı aynı yerden defalarca aldım durdum.

Yara almak sıkıntı değil de; her seferinde kanatmak için yaranın yerini bulup, iyileştirmek için hiç bulamamandı.

En çokta bu yüzden sevilmezsin sen artık.

Sana en çok unutulmak yakışır.

Kanayan yarama
tuz basarım ama
artık senden merhem
istemem. Tüm yolların
sonu sana çıksa, geri
dönerim yine de bir
adım atmam sana.

BEYAZ GECE

Kalbimin köşesine attığım her duyguyu gecenin bir yarısı çıkarıp sevdim. Hangi yaraya bu kadar güzel bakılır, hangi yara bu kadar sevilirdi ki?

Bu defteri kapattım dediğim ne varsa açıp okudum defalarca.

Emin olmamak.

Emin olamamak.

Her şey burada başlıyordu işte. Bu kadar değer veren insan, nasıl olurda beni bana bu denli değersiz hissettirirdi.

Kolay kazanılmadı ki bu sevgi bir anda bitsin.

Kabullen diyorsun. Dudaklarının arasından çıkan bu ucuz teselli cümlelerini duymak istemiyorum ben. Evet biliyorum iyi bir insanım ve evet haklısın, güzel yerlere geleceğim.

Ama nasıl? Evvela nasıl kabulleneyim?

Sevginin bu kadar basit olduğu zamanda sevmişsin beni. Ya da sevmemişsin. Seviyor gibi görünmüşsün.

Yeniden başlayacaksın diyorsun. Ben yarı yolda kalıp çıldırırken, sen ise başka bir yolu yarılamışken nasıl?

Aklımın almadığı onca şey varken yeni bir yola nasıl başlanılır bilmiyorum.

Bir ara delirecek gibi olmuştum. Herkese seni anlatıp sana seni anlatamamak. Belki gelir diye aylarca, belki yıllarca her gün aynı şeyi düşünmek. Bak beddua etmiyorum ama başladığın her yolun sonun olsun. Tam da zafere ulaşacakken elinden alınsın mutluluğun.

Bir yaraya ne kadar güzel bakılırsa o kadar güzel baktım, evet. İyileşmesin istedim. İyileşecek gibi oldukça tırnağımı batırıp daha da çok kanattım.

İyileşmesin, iyileşmesin ki seni bir daha affetmeyeyim.

Geldiğin gün, "Bak kızım sen de açılan yaralar daha geçmedi. Yeni bir yaraya yer yok yüreğinde." diyeyim.

Ben geri dönmeni istemiyorum. Sadece bir cevap bekledim günlerce. Neden böyle oldu. Hiç sevmedin mi? Hiç sevmemiş gibi bu gidişinin bir anlamı var mıydı? Senin o yüreğindeki merhameti karartan neydi? Onca emeğimin boşa gitmesine üzülüyorum ben.

Her şeyin yalan olduğunu kabullenmeye çalışmakla geçse de aylar, gülüşünün içtenliği yalan olmuş olamaz dedim kendi kendime.

Ben sadece aklıma yatacak mantıklı bir sebep sunmanı istemiştim.

Onca fedakârlığın sonu nasıl olur da nankörlük olurdu?

Ne kadar
kırıp döksen de,
seni gülümseyerek
hatırlayacağım...

ÖZLE BENİ

01.00
Aralık

Tamam, gitmek istiyorsan tüm yorgunluğumu da koy valizine git ama özle beni lütfen.

Sessiz sessiz sevmelerimi, çaresiz bekleyişlerimi hatırla. Bir binanın en yüksek tepesinden izlerken manzaranı, **gözün dalsın uzaklara. O zaman anla artık uzaklarda olduğumu.**

Sana bu kadar yakınken başka şehirlere göç etmişsin. Başka sevdalarda aramışsın huzuru. Neyin var neyin yok toplamışsın çoktan. **Daha gitmeden gideceğin yerini hazırlamışsın.**

Üzülmeni istemem ama senin yaraların olsun, bir tek benim iyileştirebileceğim. Haşa! Bana minnet etme. Yine de, "O olsaydı sarardı sancılarımı." demeni yürekten öyle çok istiyorum ki.

Bu oyunda sen kazanmış görünebilirsin lakin beni kaybettin. Beni kaybetmek uğruna neyi kazandın bilmiyorum ama ben de kendimi kaybettim. Kendime kadarım artık. Saramam başka yaraları. Kanatlarımı askıya asıp oturdum bir sandalyeye.

Umursamıyorum kendimi bile. Gidişin sıkıntı değil de, ben gittim kendimden. Şimdi sen gelsen bile toparlanmaz beynimin dağınık düşünceleri.

Sana yetemediğim ne varsa sen de o noktalarda hep eksik kal. O zaman anla varlığımın yokluğunu.

Senden sonra hiç kimseyi sevmemenin vermiş olduğu hüznün dibindeyim. Sana da gelmem bundan sonra. Bu alçak zamana ve bu enerjisi tükenmiş insanların yalanlarına denk gelmiş olmak, kâinatın bana en güzel oyunu.

Toparlandığımı zannettiğim yerden dağılıyorum. Bir uçurumun kıyısında dans ediyorum gecenin bir yarısı. Düştüğüm boşluğu sakin bulup çıkmamak için uğraşıyorum.

Bittiğini hissettiğin yerde özle beni. Ağla kaybettiklerine, kazandıklarına. Hüznü batırıp geceye, öyle iç acılarla doldurduğun kahveni. Özle beni ve elinden hiçbir şey gelmesin. Sen de gelme bana zaten.

Çok şey istemiyorum.

Beni kırdığın yerden kırıl.

Görmezden geldiğin ne varsa muhtaç olman dileğiyle...

02.38 Salı

Yine o sancıyı içime bırakarak gittin. İçimdeki küllerden alevler tutuşturdun da içinde yine bir beni yaktın.

İYİ MİSİN BENSİZ?

Yokluğun, gecenin bir yarısı beni zorla daldığım uykumdan uyandırdığı için, iyi olduğumdan pek emin değilim. Bu hayat beni sensiz yaşamaya mecbur kılıyor. Ve gün geçtikçe alışıyorum sensizliğe. Kendini bu yüzden affetme asla.

Bu kez sağlam bir acıdan sıyrılıyorum yavaş yavaş. Bedenimde sebepsiz bir umursamaz hâller mevcut bolca.

Unutuyor muyum, gerçekten alışıyor muyum inan ben de bilmiyorum ama tadını çıkarıyorum sensiz başladığım günlerin. Çünkü biliyorum ansızın düşeceksin yine yüreğime. Bedeni ateşe verilmiş bir günahkâr gibi nereye koşacağımı şaşıracağım yine. Olur olmaz tüm insanlardan medet umacağım.

Biliyorum sen hiç yoktun. Gelmeden gitmiştin çoktan.

Sahi reva mı bu ettiğin?

Gidişin içimdeki özlem duygusunun sınırlarını aşalı çok oldu. Özlemeye mi alıştım yoksa artık özlemiyor muyum, bilmiyorum?

Bilinmezliğe sürükleniyorum yavaştan. Ya da delirmenin o noktasındayım da unuttum zannediyorum.

Seninle paylaştığım tek şeyin nefes olduğunu bilmek bile bana yeterken, şimdilerde nefes almayı unutuyorum.

Herkes cüzdanında fotoğraf taşırken, ben senin ilk beyaz saç telini taşırdım. Sanki benim yanımda yaşlanmayacağını hissetmişim gibi gözüm gibi sakladım da o saç telini, sen bana saç yoldurdun.

Bence sen artık git.

Karamsar yanım hediyem olsun sana. Bir gün karalar bağlayacaksın nasıl olsa. Lazım olur.

Biliyordum bir gün biteceğini. Biliyordum da kabullenmiyordum. **İnkâr edersem sanki daha az üzülecekmişim gibi ufak masum direnişlerim vardı benim.**

ÜŞÜYOR KALBİM

Yaz bitiyor yavaş yavaş, ağustos yerini eylüle bırakırken ağaçlardan dökülüyor yapraklar. Sen de hep böyle gitmiştin. Sakin sakin yerini önce yaşlara, sonra yaslara bıraktın.

Gülüşün bir kez daha değsin gözlerime sonra yine git gideceksen.

Etrafını saran o gitme hissinin önünde istesem de duramam ki ben. Sen bir yolunu bulup yine gideceksin nasıl olsa.

Bak yine geldim kapına. Açtığın yaraları iyileştir demiyorum ama en azından nasıl iyileşir bu yaralar diye senden medet umuyorum. Bilirsin ilk kez yandı canım bu kadar.

Bu sancıyla geceleri nasıl uyunur bilmiyorum. Uykum geldiği hâlde uyuyamamanın verdiği yorgunlukla zayıf düştü ruhum.

Tamam, sarma yaralarımı ama nasıl sarılır öğret bana, öyle git. Bu yoldan nasıl dönülür? Nasıl döndün? Yeni bir yola nasıl başladın, anlat. Anlat ki ben de bileyim.

Bir kalbi virane edip nasıl güldüğünü ve bunun sana neler hissettirdiğini anlat bana lütfen.

Tamam, sevme ama nasıl unutulur bunu anlat, öyle git.

Artık bu mevsimin
başka bir bahara ihtiyacı var.

Ben bir daha kimsenin sabahında açacağı güneşi olmak istemiyorum. Ben güneş oldukça karanlıklar bırakıp gittin çünkü.

Ve bir daha kimse için çabalayacağımı zannetmiyorum. Bak bunun bile sorumlusu sensin. Çünkü tüm çabaların yeterli olmadığını gördüm.

Sığamadım kalbine.
Sığamadıkça taştı içimdeki hüzün.

Ben bir daha sevilmek dahi istemiyorum çünkü insanlar sadece sen onları sevene kadar seviyormuş. Bu nasıl bir düzen, bu nasıl bir anlaşmadır böyle?

Bir daha o bahçeme çiçekler ekmeyeceğim.
Çünkü sana büyüttüğüm çiçekleri
bir başkasına sunarken gördüm seni.

BAŞTAN SONA BİR YANILGIYDIN

Koca bir yalan, büyükçe bir düş kırıklığısın. İnsanlar sevildiğini hissedince onlara katlanmamızı bekliyor. Her türlü yalana göz yumalım istiyorlar.

Pardon ama sevgi böyle bir şey değil ki; sevgi katlanmaktı, evet ama yalanlara değil.

İhanetleri sığdırıp aşka, bir de haklıymış gibi üste çıkmayın bari. Gidişiniz güzel olsun ki sizden sonra gelenlere kapılar kapatılmasın. Gidişinizin ardından yakılan tüm ağıtlar sizin cehenneminiz olacak. Korkun, seven bir kalbin kırıklığından. Ummadığınız yerden kesecek umudunuzu çünkü. **Tam da mutlu olduğunuzu hissettiğiniz yerden, mutsuzluk çemberinin içinde bulacaksınız kendinizi.**

İçim rahat çünkü güzel sevdim. Sabretmekse sabır taşlarını çatlattım. Çabalamaksa yalın ayak koştum dikenli yollardan. Fakat bu kadarmış. İnsan sevildiğini hissettiği kişi tarafından yarı yolda kalınca kabullenemiyor ayrılığı. Bu yüzden hatayı kendimde aradım durdum. Sonradan fark ettim, sen beni çok kırmışsın. Meğer ben en büyük hatayı kendime yapmışım. Kanlar karışmış gözyaşlarıma. **Şimdi gelsen bile zehirlidir sana sunacağım aşkım. O saflıktan uzaklaşalı çok oldu.**

Büyük bir kalp kırıklığından başka bir şey değilsin. Beni yorup kimde dinleneceksen oraya git bundan sonra. Ben sana çıkan tüm yolları kapattım. **Üzüldüm dediğin yerden gülerim sana. Öyle sağlam bitti sana olan şefkatim.**

İnsanlar aşkı hırslara karıştırdığından beri masumiyetini kaybetti sevgi.

Bu şehre kış bile uğramıyor artık. Herkes bir yerlere kaçıyor burada. Kimi sevgiden şımarmış kimisi sevgiye aç. Bu kent siyaha boyanmış.

YARI YOLDA KALANLARA

Bakın o öyle olmuyor. Sizin yarı yolda bıraktığınız insanlar, o yolda biraz dinlendikten sonra daha güzel bir şekilde o yola devam ediyorlar. Siz yeni yola girdiğinizden, o insana bir daha ulaşamıyorsunuz. Aranıza soktuğunuz engeller sizin sonunuz olmuş oluyor.

Yarı yolda bırakmışsanız bir insanı, başladığınız her yol engelli oluyor. Tam engeli aştım dediğiniz yerde yol bitiyor.

Kırdığınız tüm gönüllerin hesabı, o gönüller mutluyken soruluyor size. Dünyanın en güzel düzeni bu.

Zamana bıraktığım tüm insanlar zamanla unutuluyor. Ben dimdik yürürken onların tükendiğini görüyorum. Zaman işte böyle güzel alıyor intikamımızı.

Sen her zaman gönlünü ferah tut. Biliyorum bir kişi yüzünden herkese sırtını döndün ama unutma, sırtını dayayacağın çok güzel insanlar var hâlâ.

Bir sabah, tam da sen umudunu kesmişken güneş senin için doğacak. Nasıl ki sensiz yapamam diyen insanlar sensiz yapabiliyorsa, sen de onsuz yapabileceksin.

Hayatta hiçbir güzellik karşılıksız kalmaz. Belki önce üzer ama sonra mutlu eder.

Hayat tam da bu çizgiden sonra başlıyor işte.

Sabretmeyi öğreniyorsun. Alıştığın insanın yokluğuna da alışıyorsun. Geçmeyecek gibi olan ne varsa geçip gidiyor.

Hatalar bizi biz yapıyor. Kanasa da yaran eskisi gibi acıtmıyor hiçbir şey. Kolay kolay umutlanıyorsun yine, umutlanmadığın için üzülmüyorsun. En güzeli de bu zaten. Hayat seni öyle bir üzüyor ki sonradan üzülmüyorsun, şaşırmıyorsun hiçbir şeye. Eskiden olsa ortalığı ayağa kaldıracakken, bir süre sonra boş vermeyi öğreniyorsun.

Şu hayatta size gelmemek için bahane üreten insanlar varsa, düşmeyin peşine, yoksa düşersiniz gözden. Gitmek isteyene kapıyı sen açacaksın ki ardından kilitleyebilesin.

GÜLÜŞÜMÜZ YARALAR AÇTI

Seni affetmek zorlaşıyor her geçen gün.

Aç uyuduğum için, ağlamak için geceyi bekleyerek düşüncelerden kurtulmak ve rüyalara dalmayı hayal ettiğim için seni asla affetmeyeceğim.

Onca yapılan haksızlığın suçlusu benmişim gibi, beni yalvarttığını unutmayacağım. Bir zahmet sen de unutma ki uğradığın her haksızlıkta geleyim aklına. Kendini insanlara anlatırken bul kendini. Nasıl olur da bu duruma düştüm diye düşün gecelerce.

Sahi hiç mi sızlamadı için? Hiç mi demedin içinden, o bunları hak etmedi diye? Hiç mi gelmedim aklına?

Başka şehirlere taşındım, başka insanlar tanıdım. Bir kahvenin hatırı bile yokmuş sende. Sahi, ben senin yüreğini nasıl sevdim?

Seni unutmak sıkıntı değil. İnsan gideni zaten unutuyor da, uğradığı haksızlık için en çokta kendisine kızıyor. Sonradan anlıyor hiç anlaşılmadığını. Her şeyin ortada olduğunu. Görmezden geldiğimiz her şeyin, gözlerimizden gelecek yaş olduğunu sonradan anlıyoruz işte.

Ama gitmedim kimseye. Başka yüreklerde teselli bulacak kadar küçülmedi yüreğim.

Küllüğe döndü yüreğim.

İçtiğim sigaranın kokusunu sen diye çektim içime.

Her söndürdüğümde,

İz, yara, acı kaldı.

Düşün işte öyle zararlı kokun.

Öyle acı,

Öyle izi var…

SANA YAZMAK, SANA ANLATAMAMAK

Cümlelerimi kanatana kadar seni yazmak istiyorum. Sana yazamadığım ne varsa dökmek istiyorum kâğıda ya da bir peçeteye. Aşka ayrılık bileti kesmiş gişedeki yabancılar gibi.

Kalabalıklar içinde kayboluyorum. Bilmediğim bir sokakta yürümek geliyor içimden gecenin bir yarısı. Rüzgâr değerken yüzüme yumuyorum gözlerimi. Hayallere dalıyorum. İçinden çıkamadığım ne varsa hepsi orada, kafamdaki soru işaretleriyle savaşırken kendimle kavga edip kendime yeniliyorum. **Kendimden soğuyorum sana yandığım için.**

Bu bir kabulleniş, direne direne kabullenmeyi öğretiyor hayat bana. Zor geliyor. Düşüncelerimin bedenime ağır geldiği o vakitlerdeyim. Anlatmamak. Anlatamamak. İçimde kopan fırtınaları dile dökememek yakıyor içimi. Doktora gidersin de anlatırsın ya derdini, bu öyle bir şey de değil. Anlatamadığım için içim içimi yiyor. Bana en çok ben zarar vermişim. Bana en çok ben kıymışım. Olur olmaz bir rüzgâra kaptırmışım kendimi. Yalan dillerde gerçekler aramakla geçmiş günlerim. Nedenleri sonuca bağlayamadığım her gün için karalar bağladım durdum.

Biliyorum geçecek. Evet, bugün değil belki ama bir gün geçecek. Her gecenin bir sabahı vardır zaten. Sadece bazı geceler biraz soğuk ve uzun geçer. Ben sana anlatamam belki ama sen de bir gün yaşayacaksın. **O zaman anlayacaksın ama anlamsız olacak. Hatta belki beni ilk kez anlayacaksın. İş işten geçmiş, benim kalbim senden göçüp başka bir şehirde dinlenmiş olacak.**

BÜYÜYORUZ

Kabullendim.

Her şey oturuyor yerli yerine.

İnsanların gidişlerine anlam veriyorum artık. Duyuyorum, anlıyorum. Her şeyin farkındayım belki ama hiçbir şey hissetmiyorum. Hayal kırıklıkları üzmüyor beni. Bir şeylere artık alışmış olmak, tecrübeden ziyade tükenmişlik değil midir zaten?

Üzülmüşsün.

Kırılmışsın.

Düşmüşsün uğruna koştukların yüzünden ama kendin kalkmışsın.

Kanayan yerlerine kendin pansuman yapmışsın.

Bir noktaya taşıyor hayat seni. O noktadan sonrası hayatın kopyası gibi. Evet, bunu daha önce de yaşamıştım diyorsun. Hatta tekrar üzüldüğüne önce bir şaşırıyorsun ama eskisi gibi zor atlatmıyorsun.

Tüm duyguları biliyorum. Tek tek uzun uzadıya anlatabilirim hatta ama hissetmiyorum artık.

Bitişleri sakince kabullenmek kurtuluşum oldu. **Çünkü her bitiş yüzünden, hatayı kendimde arayıp kendimi bitirmekten çok yoruldum.**

Evet, suçlu ben değilim. Bunun böyle olması gerekiyordu ve oldu diyerek geçiştiriyorum artık ben de kendimi.

GÜLÜŞÜN ŞİFA

Ah iki gözümün gözyaşı sebebi... Bir bilsen ben de açtığın yaraları, gelir kendin iyileştirirsin. Ama bu kez senden medet ummuyorum ben. Denizlerde yosunlara takılmış gibi hislerim. Soluksuzca seni anlattığım ne varsa kısa kesiyorum ve seni hatırlattığı için gülümsediğim şarkıları bir bir siliyorum hafızamdan.

Ah canıma can katanım, canımı nasıl yaktığını bir görsen kendini kor ateşlere atardın.

Bizler bu şehrin en güzel kaybeden çirkinleriyiz.

Ama güzel sevdik, ona sözümüz yok belki de.

Seni, en çokta uykusuz bıraktığın gecelerde hatırlayacağım. Sana cennetler sunan bir insana cehennemler vermişsin de, ben bunu senden sonra gördüm. İnsan âşıkken değil de, unutma ve kabul etme evresinde anlıyor birçok gerçeği. Her şeyin yalana sığmış olduğunu, buna rağmen içinin içine sığmadığını iş işten geçtikten sonra anlıyor işte.

İki gözümün tebessümü, bak biz tertemiz bittik.

Yine de canın sağ olsun. Ben senin yaralarını sardım da, sen bende yara açıp gittin. Canın sağ olsun.

Söylesene sevgilim,
Bütün kötülükleri o güzel yüreğine
nasıl sığdırdın?

Nasıl bir derdin içindesin ki sen şehir değiştirmişsin.

Yorulmuşsun.

Tüm beklentilerini balkondan aşağı atıp intihar ettirmişsin.

Bu kadar severken nasıl da incitmeye kıymışlar güzel yüreğini.

Okşanacak saçlarını yolmuşsun.

Yüreğin aşkla çarparken sızılarla dolmuş taşmışsa, kırarım incitirim korkusuyla söylesene nasıl da susmuşsun.

Bir kenti sırtına alıp tüm yükünü yüklenmişsin de, birisi de çıkıp minnet etmemiş. Hep kırgınlıklar beslemişsin ama kırmamışsın kimseyi, merak etme yüreği güzel insan, senin baharın çok güzel geçecek. Sen bu devirden kopup seni anlayanların yanına gideceksin. Hatta onlar gelecek sana. Bahçene ektiğin tüm çiçekler bu kez büyüyecek.

GELSEN DE GİDİŞİN GELİR AKLIMA

Senden beklediğim onca güzellik varken beklemediğim ne varsa yaptın ya, en çokta bu yüzden yazıklar olsun sana. İncittiğin yerden incin demiyorum bak, bu çekilecek bir kalp sancısı değil. Hem severken hem de nefretle dolunca, insanın duyguları yanıyor. Ne beynini ne de kalbini dinleyemiyorsun. Hızla koşunca bir anda durmak gibi bir şey bu. Nefes nefesesin. Gitmen gerekiyor ama artık hızını yakalayamıyorsun. İnsan yorulduğunu durunca hissediyor. Bırak dedim defalarca, bırak yoluma devam edeyim. Kalbimden içeriye girme, orada hiçbir şey yerli yerinde değil artık. Düzeltirim diyerek gelip talan ettin de gönlümü, bir özür dilemedin. Acıtmadan bırakmadın. Bu evrende iliklerime kadar beni acıyla doldurup gitmek affedilir bir hareket değildi. Ama ben seni yine affettim. Çünkü bu öfke, bana senden daha fazla zarar veriyordu. Kaç gün geçti, nasıl geçti, uykusuz gecelerim, karanlık sabahlarım, ardı arkası kesilmeyen, nefesimi kesen sigara izmaritlerim...

"Sen güçlü bir insansın, biliyorum bunu da atlatırsın." diyerek gitmen tüm gücümü aldı. Korkaksın ve kendine bunu yakıştıramadığın için gittin belki de. Tüm anlamları anlamsız kılan gidişin yüzünden şu an hiçbir gelişin anlamı yok.

Yüküm ağır, zaman geçiyor, kış geldi üşüyorum ve sen gelmiyorsun.

ALLAH VİCDAN RAHATLIĞI VERSİN

Er ya da geç Allah gösteriyor karakterli zannettiklerimizin karaktersizliklerini. Anlamlar yüklediğimiz insanların ne kadar da anlamsız olduğunu gösteriyor işte.

Bu muydu diyorsun sonra, bu muydu uğruna gözyaşları döktüğüm. Düşünmekten uyuyamadığım... Öyle bir an geliyor ki sen farkına bile varmadan unutmuş oluyorsun ve özel bir çaba sergilemene gerek kalmıyor. Unutmak için o kadar uğraşmana değmiyor bile.

Tek hareketleriyle gözümüzde dünya kadar değeri olan insan, bir toz tanesi kadar değersizleşiyor. Demek ki ben güzel görmüşüm, ben değer biçmişim diyorsun.

Kalbe bir kez soğukluk girince, eskisinden daha da güzel şekilde gelse istemiyorsun. Bir zamanlar adını duyunca gülümserken, bir süre sonra onu görünce yolunu değiştirmek istiyorsun. Öyle sağlam bitiyor işte sağlam zannettiğin o insan.

Unutmayın ki kaybettim sandığınız kim varsa, bir süre sonra kurtuldum dediğiniz kişi hâline geliyor. O zaman çevrendeki insanlara hak vermek canını yaksa da, hak veriyorsun. Bazen biz göremiyoruz işte. Eee, kendi hayatımızdan çıkıp şöyle bir yabancı gibi bakayım da diyemiyorsun işte.

Hayat bu, insanların sözlerine değil yaptıklarına bakmak gerekiyor. Herkes seviyorum der ama çok azı bu sevgiyi gerçeğe dökebiliyor.

Benim içim rahat çünkü kimsenin hayatında derin yaralar açmadım. Onlar belki benden sonra hayatlarına devam etti ama ben yakıştırmadım kendime, kırıldığım hâlde hayatıma öylece hiçbir şey olmamış gibi devam etmeyi.

ESKİ AŞKLAR

Umudumu bir kelebeğin rüyasına sığdırdım. Eski bir türkü mırıldanıyor karanlık odamdaki kırık radyom.

Küskünüm.

Herkese her şeye biraz küskünüm işte.

Beni ağlattıktan sonra mendil uzattığın için bile yüreğim şefkat besledi sana.

Küskünüm sana da. Bir kez olsun almadın da gönlümü başka gönüllere aktın durdun. Bir yüreğin feryadını duyamayacak kadar nasıl sağır olabildin böyle? Yolun açık olsun diyorsun, iyi hoş ama tüm yollarımı kapattıktan sonra bunun bir anlamı kalmıyor işte. Sana gelen her yolu ezbere bilip sana gelemedikten sonra, yollarım da açık olmasın kalbimde. Ebedi bir sonsuzluğa uğurluyorum gülüşlerimi. Evet, karamsarım son günlerde. Bir kafesin içine saklanmış gibiyim. Kapıyı açsalar, biraz uçup geri geleceğim gibi. Öyle çaresizim işte. Öyle tükenmiş öyle bıkmışım kendimden.

Bir bahar bekliyorum ansızın gelen.

Kuşları ölmüş bu şehirde, kuş sesleri duyarak uyanmak gibi muazzam umutlarım var hâlâ. Zira bu kafamdaki sesler beni deli edecek gibi.

Dile getiremediğim ne varsa küskünlüğüme sığdırdım hepsini.

KABUL EDELİM GÜZEL KIRILDIK

Elinizden geleni yaptığınız hâlde kırılan sizseniz, lütfen kendinizde hata aramayın. Bazen zorda olsa bir süreç atlatmamız gerekiyor. İyisiniz diye kırılmayacağınızı düşünmeyin asla. Aksine en çok iyiler kırılır.

Bazı tecrübeler zor geçer.

Zaman geçiyor. Aynı kalmıyoruz. Herkesin iyi olmasını beklemek kendinize yaptığınız en büyük kötülüktür. Durup durup aynı hatalara ve aynı engellere takılmayın. Ama hayata da küsmeyin. Sizi seven, varlığınızla mutlu olan birçok insan vardır çevrenizde. Kötü şahıslar için güzel insanlarla aranıza mesafe koymanız, sizin geçireceğiniz zor süreci daha da uzatır.

Tutamayacağınız sözler vermeyin. Sonunu getiremeyeceğiniz insanlarla bir yola girmeyin. **Unutmayın ki yarı yolda bıraktığınız insanların ahıyla yeni bir yola giremezsiniz.** Aynı şekilde, karşınızdaki insanlar sizi ne kadar incitmiş olursa olsun; tekrardan ayağa kalkmasını bilin ve daha da güçlü olun, bırakın zaman alsın sizin intikamınızı.

Sonu olmayan insanlar için de üzmeyin kendinizi.

Sözüm ona geride bıraktığınız insanlar için geleceğinize küsmeyin.

“Senin için can atarken,
bir başkasının ben de can
bulduğunu görünce anlayacaksın
ne kadar can yaktığını.
Bu sana yeter.
Fazla intikama değmezsin...”

SANA UNUTULMAK YAKIŞIR

Yine gelsen, yine yaralar öyle gidersin. Yine hüzünleri kucağıma bırakır, "Sen çok iyisin." deyip iyi olduğuma nefret ettirirsin beni. Bir kentin tüm ışıklarını üzerime kapatır, "Karamsarsın." dersin. Yine gelsen, yine aynı yerden söküp alırsın kalbimi. Acılarımın yerini ezbere bildiğinden yine acıtır, yine gidersin. Biz zaten hep gidenlerde aşkı aradık durduk da akıllanmadık asla. Bir ayrılığı kucağıma yetim gibi bırakıp gidişini, ardımdan gülüşünü asla unutmam. Belki seni unuturum ama inan bak bunu unutamam. İzin vermez içimdeki kız çocuğu.

Merak etme can, iyiyim ben. Bu kentin ışıkları yok belki ama güneşi var. Geceleri fener tutuyorum hayallerime. Sen bulutların altında gezin dur. ***Ben o bulutlardan atlayalı çok oldu, varsın manzarası senin olsun.***

Artık güneş olsam bir parça ışık saçmam sana. Sen tüm mavilerimi siyaha boyadın. **Sana artık unutulmak yakışır.** Bensizlik en büyük cezan olsun. Sana kendi yarattığın karanlığında mutluluklar diliyorum...

Gülerek yaşadığın tüm anıları ağlayarak hatırlamaya başlayınca anlıyorsun ayrılığın geldiğini. Sevenlerin gittiğini. Ve güzel başlayan her şeyin hızlıca bitip yerini kurak bir çöle bıraktığını böyle böyle anlıyorsun.

GEÇİLMEZ SENİN SOKAĞINDAN

Ben senden geçtim.

Ben senden vazgeçeli çok oldu. Senden gittim.

Kendime geldim.

Daha sana gelmeye niyetim yok. Senin için ektiğim tüm çiçekleri koparıp attım tüm kalbimden. O bahçede sana çürümüş bir yaprak bile kalmadı artık.

Senin için ölürüm deyip ben geceler boyu ağlarken, bir başkalarına güldüğünde benim için öldün sen. Selanı vereli çok oldu. Bence sen artık gelme.

Bakıyorum da gittiğine değmiş, gülüşün, ellerin, hayallerin...

Sıradanlaşmışsın biraz sanki. Bence sen artık sevilmezsin. Geçilmez senin sokağından. Koşarak geçtiğim o sokakların, ihanete uğramış çoktan...

Ben senden vazgeçtim. Zor oldu ama alıştım yokluğuna. Senin uğruna bozduğum tüm düzenimi toparladım yine, yeniden. Adının geçtiği yerde, yerli yersiz ağlamıyorum artık.

Sen doğru sevgiyle sevilmiş yanlış insansın. Ben bittiğine değil, onca fedakârlığın nankörlük ile sonuçlanmasına kızıyorum. Her türlü insan affedilir ama nankör insan affedilmez. Unutulur gider akıllardan bir dönem sonra. Kendi hâline bırakırsın. Ne hâli varsa görür zaten.

Sen kendine yakışan çirkinliği sergiledin bu hayat denilen sahnede. **Merak etme, ayakta alkışlıyorum seni. Ellerim kızarana kadar alkışlıyorum, yüzün kızarsın diye.**

İnsan en çokta dokunmaya kıyamadığı insanın, kalbine dokunsun diye ahlar edince yıkılıyor. Seve seve unutmak zorunda bırakılıyorsun. Hayır, bu böyle bir düzen değil desen de, koşar adım acılardan uzaklaşsan da bir yerden yapışıyor yakana.

UNUT(MA)

Öyle unut demekle unutulmuyor hiçbir şey. İnsan her şeyi unutsa da, hak etmediği yaşanmışlıklarını unutamıyor.

Uğramadığınız acılar için ahkâm kesmeyin insanlara. Hayat aynı acıyı yaşatır size.

Siz rüyalara dalarken sevgi sözcükleriyle, sabaha kadar gözlerini karanlığa dikmiş insanların acısına saçma demeyin lütfen. Herkesin acısı kendisine göre ağırdır. Belki daha ağır hüzünleri siz atlattınız ama her insan bu kadar güçlü olmayabilir. Bazı yaralar zor iyileşir.

İnsan çaresiz kalınca o çaresizliği herkese anlatmak istiyor, belki "Boş ver. Değmez." gibi saçma sapan değil de, daha elde tutulur bir teselli bulmak için.

En kötü kalabalık insanın beynidir. Yüzlerce düşünce, gerekli gereksiz ne varsa hepsi orada toplanmışta geceyi bekler gibi bekliyor insanı.

Tam düzene girdi her şey derken, pusuda bekler gibi ufak bir sarsıntı ile dağılıyor hepsi.

Bu yıkıntılar içinde nasıl ayakta kalınır bilmiyorum ben. **Tek bildiğim düşünmemek. Çünkü insan düşündükçe, düşünce gücünü kaybedip düşüyor elden ayaktan gencecik yaşta.**

EN GÜZEL EMEK BEKLEMEKTİR

Bırak, sana zarar veren ve hiçbir fayda sağlamayan tüm olumsuz düşüncelerinden sıyrıl bugün. Bazı bitişler zor olsa da, seni yeni güzelliklere hazırlar. Senden habersiz sana hazırlanan güzel bir kader var. Ve sen mücadele ettiğin sürece sana güzellikler sunulacak. Değmeyecek insanlar hepimizin hayatına giriyor. Ben bunları hak edecek ne yaptım desen de yaşatıyorlar işte. Bu da hayatın nazar boncuğu olsun. Düşeceksin, tam kalktım derken yine düşeceksin.

Daha kötüsü olmaz derken daha kötülerini yaşayacaksın. Ve öyle bir an gelecek ki eskiden umursadığın ne varsa artık ilgi alanının tamamen dışında olacak. Fikirlerin değişecek. Yapmam dediklerini yaparken yakalayacaksın kendini ve bunun da farklı bir tecrübe olduğuna inanacaksın. Sen "sen" olduğun için güzelsin. Böylesin ve böyle kal. Hayatında iyiliklerden anlamayan insanlar var diye iyilik yapmaktan vazgeçersen, ne farkın kalır ki diğerlerinden? Değişme; kalbini sev, hatalarını sev, hatta acılarını sev. Hayat denilen o uzun yolda bu duygular sana yön verecek, unutma.

Emeklerin bazen boşa gidecek ama sen yine de emek vermekten vazgeçme. Sadece şekillerini değiştir. O yoldan gittin, olmadıysa başka bir yola gir ama mutlaka bir yolda ilerle, asla yerinde sayma.

Üzülmenin seni zayıf gösterdiğini düşünme asla, aksine eğer hâlâ üzülebiliyorsan içinde insanlığa dair güzel umutlar vardır demektir.

AKLIM GİDİYOR O GELMEYİNCE

Bazen delirecek gibi oluyorum. Kafamda dönüp duran sorular, yalancı insanlar, yarım bırakılmış yollar, yıkılan hayaller, herkesin kendisini haklı görmesi, sadece kendi açılarından olaylara bakması... Sanırım bunalıyorum yavaştan ve sıkılıyorum insanlardan. Biraz yalnızlık iyi gelecek sanırım.

İnsanın gidecek yeri olmayınca kendisine geliyormuş. Bu şekilde anlıyormuş herkese güvenmeyeceğini, güven denilen duygunun yol olduğunu. En sonunda bir kıyametle baş başa kalıyorsun bir süre.

Sonra birisi çıkıp geliyor hayatına. Seni hayata bağlarken, aslında o bağı nefes boruna doğru götürüyor. Sen yeniden bir düzen kuruyorsun, o seviyorsa onu seviyorsun, onun geçtiği yollardan geçiyorsun. Bir denk getirmeyi tesadüflere yakıştırıyorsun. İnsanlar böyledir işte, hiç gitmeyecek hissi verirler ve hiç gelmemiş gibi de giderler. Ne lanet bir düzen. İnsanlar soğuk, işlerine geldikçe şekillenen vicdanları var, bu da onların vicdanının olmadığının göstergesi zaten.

Bir kişi yüzünden tüm insanlarla arana mesafe koymaya başladığın zaman, hayatın gerçek yüzünü görmeye de başlıyorsun demektir.

“

Sen acılarını bende
dindirdikten sonra benden
gidecek kadar acımazsızsın.
O yüzden yüreğin yara alırsa
gelme geriye.
Bendeki merhem bana kadar.

”

HABERİN YOKTU

Biliyorum sen de üzüldün ama benim gökyüzümdeki tüm kuşlar göçtü. İçimdeki kelebekler senin beynindeki tilkilere yem oldu. Biliyorum sen de sevdin ama benim artık başka birisini sevmeye inancım kalmadı. Çünkü ben severek vazgeçmek zorunda kaldım. **Beni sevmekle nefret etmek arasında bıraktın. Ateşler içinde kalsam bu kadar yanmazdı canım.**

Yapma dedim kim bilir kaç kez, kaç dilde. Üzerime çöken kara bulutları dağıtana kadar yüreğim dağıldı. **İnancım, dünyam yıkıldı da, sana ayırdığım penceremden bir yaprak bile düşmedi. Senin haberin yoktu.**

Tüm çabaların boşa gittiği şu döneme denk geldim.

Biliyorum sen de ağladın ama benim göz pınarlarım kurudu be adam.

En çokta boşa çabalarken yoruluyormuş insan. Sürekli aynı noktada koşmak, aynı çemberin içinde dönmek. Senin için çabalamak inan işte böyle bir şeydi. Bırakıp gitsem içimdeki ses vazgeçme diyor, gerçeklere dönüp bakınca gururum bırak diyor. Beni bana düşman ettin de, gidip başkalarına huzur saçtın.

Şimdi parça parça dağıtıyorum içimdeki umutları.

Artık gelsen, sana bile yabancı olurum. Öyle temiz bittim.

ÇİÇEKLER AÇACAK KALBİNDE

Önce alışamam zannediyorsun. Ardı arkası kesilmeyen ve tükenmek bilmeyen özlemin, bir sabah yok olduğunu görüyorsun.

İnsanoğlu alışıyor her şeye.

Ben onun bir başkası için çırpınışlarını gördüm. O günden sonra gönül bahçemde ona dair bir yaprak bile oynamadı. Belki bir gün çıkıp gelir diye ona kuracağım cümlelerimi hazırlamıştım. **Onu kırmadan kırgınlıklarımı nasıl dile getiririm diye kendimi kırdım durdum.**

Öyle bir an geliyor ki aylarca her saniye düşündüğün o cümleler yerine artık susmayı tercih ediyorsun.

Gücün kalmamış.

İnancın bitmiş ve o insanda değerini görmüşsün.

İnsan çekebileceği acının son noktasına gelmeden unutamıyor hiçbir şeyi.

O doruk noktası, o hiç bitmeyen gece, dinmeyen gözyaşları, tüm insanların anlamsızlığı. İşte bu noktaya gelmeden geçmiş, geçmiyormuş.

Bir ara delirecek gibi oldum. Meğer o zaman iyileşiyormuşum. Acılar ve düşünceler beynimi terk ettiğinden can kaybı yaşıyormuşum. Bilirsin, her ayrılık kalple beyni ayırır.

Bir insanı
ağlattıktan sonra
attığınız kahkahalarınız
hıçkırığınız
olsun.

BİLE BİLE KIRILDIK

Farkında değildi sevgimin. Her cümlesinin, kalbimi iki taşın arasına koyup ezmek gibi katlanılması zor bir acı olduğunu vallahi farkında değildi.

Ölümlü dünyada, umudumu bu kadar öldürecek ne yaşatmış olabilirdim ki ona.

Ağlayamamak, anlatamamak zor geliyor bazen. İçime tıka basa doldurduğum sızılarımın, beni gülerken ele vermesinden ödüm kopuyor.

Bildiğin gibi değil hiçbir şey. Buralar talan oldu. Tüm gökyüzünde bulutlar birer birer parçalanmış gibi.

Farkında değildi. Ona büyüttüğüm sevgimin boyutunu bilmiyordu. Egosunu beslemişim de haberim yokmuş.

Sağda solda duyuyorum, seni ne kadar sevdiğimi anlatıyormuşsun. Belki de sen, bir gün benim sana olan sevgimi anlatırken, ben bir başkasını mutlu ediyor olacağım. Bunu bilmek bile insanın canını yakmaya yeterdi aslında ama sendeki can çoktan can çekişmiş.

İçimdeki aşk gözyaşlarıma karışıp taşıyor durduk yere. Duramıyorum yerimde. İşin kötüsü anlatamıyorum kimseye.

YARI YOLDA KALMIŞLIK

İnsanları yormaktan bıkmadınız mı? Yarı yolda bırakmaktan, hüzünlerine sevinmekten usanmadınız mı? Her konuda haklı olamazsınız, ortada kırılmış bir kalp varsa haklı olmak neye yarar? Özür dilemekle eksilmez, seviyorum demekle küçülmezsiniz. Sizin için uğraşan insanlara minnet ederseniz, gururunuzdan olmazsınız merak etmeyin! **Kırdığınız hâlde sizi kırmayan, defalarca yarı yolda bıraktığınız insanlar hâlâ sizinle bir yola çıkıyorsa; bir kez bile onun derdine üzülmemişken, her defasında size koşuyorsa, bir zahmet o insana sevgiyi çok görmeyin.** Sevmiyor musunuz? O zaman çekilin yolundan. **Değer veriyor gibi görünmek değer vermemekten çok daha kötüdür.** Seviyor gibi görünüp sonra oradan kaybolmak öyle kolay bir eylem değil kalan için. **Tüm cesaretini yok ettirir bu acı insana.**

Fazla yorgun herkes. Herkes bir başkasının kalıntısı. Biraz yarım kalmış, diğer yarısını bulmak umuduyla tamamlanmadan çekip gitmiş herkes. Ardınıza bile bakmadan çekip gidiyorsunuz. Siz koşarken ardınızda kalanlar adım atmaya bile korkar oluyor. Öyle illet bir duygu terk edilmek. Öyle sancılı geçiyor ki geceler. Hatanın onda olmadığını bile bile karşınızdaki insandan özürler diletip yalvartacak kadar da kötüsünüz?

Üzgünüm, bu zaman denilen ilaç size zehir olacak. İşte o gün şifanız onlarda olurken, onlar ise bir başkasının neşesi ve gülüşü olacak.

İntihar etmeye gidiyordu

kalbim

Giderken

otobüsün buğulu camlarını sildi.

Son kez manzarasını izledi

kirli kentin.

İYİ NİYET BAZEN NANKÖRLÜK DOĞURUR

İnsanı en çok üzen iyi niyetidir. Bu duygu aslında en çok zaafımız olan insanlara gösteriliyor. **Çiçek sevmezken, pencerende çiçekler büyütüyorsun onun için.**

Ama gel gör ki insanların kanına nankörlük işlemiş. Sürekli göstermiş olduğun iyi niyeti bir kez göstermediğin zaman, yapmış olduğun hiçbir şeyin anlamı kalmıyor. Yani insanoğlu yapılan güzellikleri değil de yapılmayan şeyleri görüyor.

Bir kez hayır dediğin zaman kaos yaratmaktan hiç çekinmezler. Üstelik kendileri size her zaman hayır demiştir. Bile bile üzülmeyin. **Boş bir emekle karşı karşıya kaldığınız zaman anlayacaksınız, herkese emek verilmemesi gerektiğini.**

Bazen yalnız kalın. Yalnız kalmak sizin kendinizi keşfetmenizi sağlar.

Ne istiyorum, ne beni mutlu ediyor, sevgi kimde aranır?

Eve kapatmayın kendinizi. Çıkın gezin, gülümseyin. Bunları yapmak için bir başkasına ihtiyacınızın olmadığını bilin yeter.

Elbette her bitiş biraz sancılı geçer. Karamsar yanınız olacak mutlaka ama bir yerden sonra düştüğünüz yerden kalkmasını da bilin. Düştüğü yerden kendisi kalkan insanlar bir daha düşmemesi gerektiğini en iyi böyle öğreniyor.

O yere düşme anıyla
toz gibi
dağılıyor etrafımızdaki
herkes.

HİÇLEŞTİN

Günler geçmiyor ama günden güne kabulleniyor insan bittiğini. En çok sevgiyi hissettiren insanla, sevgisizliği hissettiren insanın aynı kişi olduğunu inkâr ettikten sonra idrak ettim ben de. Bir yabancı gibi konuştuğunda anladım herkesleştiğimi. İnsan aklı yapılan iyiliklere takılıp kalıyor. Öyle anımsıyor kişileri. Ve ne kadar çirkinlik görürse görsün kabul edemiyor bunları.

Bak, unutman sıkıntı yaratmıyor sancılı yüreğimde, hiç sevmemiş gibi bakman yıktı beni. Göz bebeklerin gülümserken ne ara yabancı oldu bana.

Bir insan ancak bu kadar alçalabilir.

Ama yine de sen bilirsin.

Kinim yok sana, nefretim de. Ağız dolusu kırgınlığım var sadece.

Ben hâlâ gelecek, bir açıklama yaparak yüreğimi ferahlatacaksın diye bekliyorum. O zaman dökeceğim tüm kırgınlıklarımı önüne.

Hiçbir lügatte yer almayan hissizliktir ayrılık tufanı. Sanki tüm hislerini söküp almışlar da senden, yerine bilmediğimiz ızdıraplar türetmişler. Anlayamıyoruz dilinden. Dinmiyor sızıların matemi.

Sahi, ölenin ardından üç günden sonra ağlanmazdı değil mi? Yas tutmanın fazlası bile mübah değildi. Peki, öyleyse beni bu günahtan kurtar Rabb'im. Çünkü ben yeterinde üzüldüm. Sağır olsun kulaklarım vefa bilmezlerin umursamaz tavırlarına. Çekip gidenlerin ardında bıraktığı enkazın gürültüsüne! Kelimelerin sızlatan haykırışlarında yetim kalmasın gözyaşlarımız. Dinsin artık, zulamızda gizlenmesin acılar.

Ben artık şarkı söylemek istiyorum neşeyle. Hüzün kovan kuşlar gelsin ve kovsun tüm hüzünlerimi. Ne olur Allah'ım...

AŞK TEK BİLETLİ

Tam alıştım dersiniz, bir dosta, bir sevgiliye ya da ne bileyim herhangi bir duygunun güzelliğine, sonra bir anda şehrin arka sokaklarında kaybolan ıssız bir gölge olur anılar.

Savrulur hafif esen rüzgârla tüm yaşanmışlıklar. Geride lodos kalır yüreğimizde. Geride pişmanlıklar...

Gidiş anları tıkar soluğumuzu, hoşça kalsız vedaların eşliğinde. Yalnız anlaşıldık hayat.

Şimdi her yeni gelen, yepyeni acılar bırakacak diye korkar olduk gelecekten. Bitmeye mahkûm zannediyoruz her güzelliği. Yalnız anlaşıldık hayat. Hadi şimdi yaşa yaşayabilirsen!

İnsanlar yalnızlıkları geçene kadar bizi yanında tuttular hep. Bundandır bu yalnızlığın kalınlaşmış kalıntısı. Aşkın anlamını kaybedenlerde aşkı aradık.

Yaralar kabuk tutmadan yenileriyle unutuluyor. Yani yaralar iyileşmiyor esasında.

Tam da güzelliklere alıştıktan sonra ansızın gelen kara bulutlar dağıttı bizi. İnsanların kararsızlıkları bozdu dengemizi. Ne geldikleri ne de gittikleri belli olmadı asla. Hep ortada kaldılar. Bu yüzden ortada bıraktılar tüm duyguları.

İnsan tüm yaşanmışlıkları hiç yaşanmamış gibi geride bırakamıyor işte. Bedene verilen ateş gibi nereye saldıracağını şaşırıyor. Tüm bağırışlar, gözyaşları, hepsi son çaba aslında.

Böyle böyle alıştırıyor aslında kendisini ayrılığa.

Belirsizlikler yıprattı beni. Sevmiyorum dese inan bu kadar yanmazdı canım.

MAVİLERDEN PENCEREM

Gönlümüzde erirken kalıplaşan buzlar, evvela hangisiydi kırılan duygularımızdan?

Hangisiydi ilk düşen, bizi bizden alıp uzaklara savuran?

Oysa bir okyanustu benim yüreğim. Sayısız sevgi sözleri barındırıyordum bünyemde.

Şimdi okyanusun içinde bir sandalda terk edilmiş gibiyim. Ne kadar hızlı çeksem de kürekleri sona varamıyorum. Bir an için ümitleniyorum daha da kavrıyorum yaşam dümenini, ne yapsam da olmuyor. Normal insanlar gibi yaşamayı beceremiyorum!

Yağmurlar başlasın artık. İyimserlik yağsın üstümüze. Yağsın ki erisin tüm buzlar. Sele dönsün, sürüklesin tüm gereksizleri ötelere. Bizden uzağa. Çok uzaklara...

Gözlerimden akan yaşlar bile buz kesti hayat oyununda. Soluk benzim ispatıdır ki biz bu hayatta hep yalnız anlaşıldık.

Bir an önce uyanmak istiyorum bu uykudan. Her yeri tekrardan maviye boyamak geliyor içimden. Bu dertler ders olsun diyorum bana. Bir daha kimse için mavilerimden vazgeçmek yok. İnsanları tepeye çıkarıp orada bırakmak istiyorum. Ne kadar uzak o kadar iyi. Bırak onlar kendilerini zirvede zannetsinler.

Bir yağmur yağsın. Ve toprak kokusu eşit derece dağılsın bu kente.

Bazen en çokta geceleri yüksek bir yere çıkıp ayaklarımı sarkıtmak istiyorum oradan. Gözlerimi kapatıp tüm hayal kırıklığımı yerlere atmak istiyorum.

Keşke bu kadar kolay olsa acıları geride bırakmak.

GİTMEM DİYENLERİN GİDİŞLERİYLE DOLU BU KENT

Sınırlarıma hesapsızca dalan duyguların ağırlığı altında ezildim günlerce. Başlarda bu duygunun adını koymakta zorlandım. Sonra yüreğime ağır gelen bu duygunun aşk olduğunu anlamlandırmaya çabalarken, bir anda terk edildim. Neden böyle oluyor? Her gelen neden yeni acılar miras bırakıyor yüreklerimize? Bilen varsa söylesin, neden?

Benim gitmemden bu kadar endişe edip gittin bir ekim gecesi. Kış o sene erken gelmişti. Bir anda beyaza bürünmüştü saç tellerim.

Neden terk edilmekten korkan insanlar genelde hep terk eden olur? İnsan sevilmek için emek harcadıktan sonra, neden sevildiğinden emin olduktan sonra gider ki?

Anlatılacak çok şey var ama nasıl anlayacak ki o. Anlamış olsa bunca anlamsızlığı bırakır mıydı kalbime?

Sen hayal dünyamın kırıklığısın.

Bir kitabın arasında kurutmak lazım artık tüm duyguları.

Düşünmek insanı gün geçtikçe yok ediyor, beni de. Bende bıraktığın soru işaretlerine cevap aramaktan kaybettim kendimi.

Bir insana bu kadarı yapılmazdı. Bu kadarını yaparken hiç mi insanlığın sızlamadı? Bir insanın duygularını kanatırken nasıl olurda kahkaha atabilir insan? Kanatlarımdan vurdun beni. Sonra özgürsün dedin.

Bir adam ne kadar düşebilirse, düşürdün kendini.

Beni bu derinliğe sen ittin. Giderken de ardına bakmayışın ölsem unutulacak şey değildi.

Giderim diyenden korkma, o sadece sevildiğinden emin olduğunu zannedip son çare bir şeyleri düzeltmeye çalışırken, sürekli sevdiğini söyleyen ve hiç gitmeyecekmiş gibi olan taraf çıkıp gider acımadan.

Kibre bulaşmış sevgin. Meğer ben seni çok büyütmüşüm kalbimde, içinden çıkamadığım boşluğun sebebi bundandır.

GÜZELLİKLER HAYALLERİNİZİ SÜSLESİN

Şüphelerimizin yersiz olduğuna, aldanışlarımızın son bulacağına, bir gün birinin çıkıp da korkularımızı ruhu ve yüreği ile arıtacağına, bizi olduğumuz gibi seveceğine inandığımızı hayal etsenize? Ne güzel olurdu değil mi? İşte o zaman yalnız anlaşıldık demezdik belki...

İşte o gün yalnız anlaşıldığımız ne varsa şükrederdik. İyi ki gitmişler der yalnızlığımızla gurur duyardık. İyi ki kimse yoktu ve sen geldin derdik.

Hayatta herkes bir mana ararken, aradığımız hatta beklenmeden gelen o güzel insana sarılırken yakalayacaksın duygularını.

Daha bir güzel gülümseyeceksin. İnsanlar fark edecek sendeki neşeyi. Yalnızlığın silinip giderken ruhundan, aşkı hissedecek kalp atışların.

Ve bir anda bir başkası için yaşamaya başlayacaksın farkında olmadan. Belki kötü bir şey olacak kaygısı ile ileriyi düşünüp endişe edeceksin ama geçmişin tüm kötü tozlarını silip atacak o aşk. Yeter ki hayal kurmaktan vazgeçme.

Hayal dünyanda çiçekler açması dileğiyle.

ŞİİRSELLEŞTİK

Ne zaman düşse kalemim kâğıda, düşsel bir avuntuya dönüşür satırlar... Avunmak. Yazdıkça yazası gelir. Kelimeler teselli ederken düş kırığı kalbimi, mürekkebinden dökülür hece hece hatıralar. Yine de vazgeçmek bilmez kalbim, yazdıkça yazası gelir.

Biliyorum tam da bittim dediğim yerden yine yeşerecek umutlarım. Umudumu bulutlara bırakıyorum şimdilik. Ve erteliyorum tüm duygularımı.

Acılarımı yaşamadan yeni bir kalpte aşk arayanlardan olmadım hiçbir zaman. Yara bandı niyetine kullanılmanın sancısını en iyi ben bilirim çünkü.

Hayal kurmaktan vazgeçmiyorum. Biliyorum, bin kez yara alsam o yaralı kalbimin bir köşesinde her zaman umut olacak. Belki sancılarım tavan yapmışken unuturum umutları ama her zaman içimdeki kız çocuğunun saçlarıyla oynarım.

Bir sabah güneş benim için doğacak diye her sabah güneşin doğuşunu bekliyorum.

**Yalnız anlaşıldığım ne varsa,
hepsi için bir çelenk bırakıyorum
insanların kalplerine.**

ÇOCUKÇA SEVDİK

Çocukken uyuyunca geçerdi üzüntüm... Ne kırılan oyuncaklarım ne de oyunbozan mızıkçı arkadaşlarım... Hiçbir şey yokmuşçasına devir daim ederdi çark... Şimdi ne uyku tutuyor ne de ezkaza daldığım uykudan uyanınca üzüntüm geçiyor... Sadece dönmeye devam eden çark bütün çirkinliğiyle devir daim ediyor... Paramparça ve paçavra düşlerin perişanlığında örseleniyor her seferinde, uyanınca üzüntümün geçeceğini zanneden zavallı kalbim!

Ah ne de çok yordum seni. En çok bana ben kıydım. Olur olmaz insanları kalbime aldım. Sevdikçe güzelleşeceğini umduğum ne varsa daha da çirkinleşti. İnsanlara artık sevilmek yetmiyor.

Çocukluğumdan kalma düşlerimi büyütüyorum uykularımda. İnsanlar hâlâ kadir kıymet biliyor orada, âşıklar mutlu ve hiçbir sokağında ihanet yok.

Bugün de güçlü görünmeye çalışırken güçsüz düştüm. Bak dedim kendime, bak kızım mutsuzsun işte, kabul et. **Kabul et çocuk değilsin ve çocuk gibi sevme artık kimseyi.** Haykırmak yetmez. Gitmek gerekir. Çocuk gibi küsmek yetmez, büyük bir çınar gibi köklerini de koparmak gerekir ki ölmek anlam kazansın.

BU YOL BENİ YORAR ARTIK

Bir gün gelir aniden yoruluverir insan... Kelimeleri uzak diyarlara göç etmiş, sus pus olmuş yürekte mısralar... Kül rengi satırlar katrana bulanırken, hüznün mürekkebiyle ne kâğıt hâlden anlar ne de lal eden hatıralar. Ey hayat yalnız anlaşıldık...

Bir anda dağılıyor düzene oturmuş ne varsa. Hani zaman her şeyin ilacı diyoruz ya. Öyle bir an geliyor ki bir anda kesiyorsun geçmişle bağlantını. Zamanı gelecek dedikleri bu olsa gerek.

Aniden düşüşlerim var benim. Mutluluktan havaya uçtuğumu zannettiğim o anlarda, düşüşlerimi izledim çaresizce.

Geceleri dizlerimi karnıma kadar çekip, iç çekişlerimi bir ben bilirim.

Gözün aydın bak bu kez seni son kez yazıyorum. Şu aşılmaz gururuna selam olsun. Sana da yazıklar olsun. Ne güzel bir gidiştir o. İnsan sonradan anlıyor sevilmediğini. Tüm çabaların boşa gittiğini görünce fark ediyorsun, ne kadar da boş bir hayalin içine düştüğünü...

Bir gün aniden yorulur insan.
Umutla yürüdüğü o yolun kaldırımına oturup öylece bekler.

YENİDEN SEVERİZ BELKİ

Hayatın iplerinin bu kadar ince olduğunu daha evvelden bilemedim... Demir halatla bağlandığımı zannettim... İşte şimdi büyüdüm. Büyümek ne kötü bir şeymiş. İpler kopmak üzere boynuma dolandı. Yutkunmak istiyorum ama nefes alamıyorum. İpler sıktıkça kusasım geliyor hayatın tüm pisliklerini. Kusmak ve rahatlamak istiyorum. Biri şu ipleri kessin... Rabb'im duy sesimi.

İnsanın sevilebilmesi için ulaşılmaz olması gerekiyormuş.

Biraz kötü, biraz umursamaz hatta masum görünüp yalanlar bile söyleyebiliyormuş.

İnsanlar çabalayanı değil umursamayanı arayıp soruyormuş.

Bu yollar artık sevgiye çıkmaz bilirim.

Bir gün doğarım ve belki bir kuşun cıvıltısı içimi ısıtırken, içimdeki yangınlar sönmüş olur. Yeniden severiz belki. Asla olmaz dediğimiz anda her şey mümkün olur kim bilir.

Bu kez pamuk ipliğiyle değil, aşk bağı ile bağlanırız.

Yeniden tüm güzellikler çıkacak karşıma biliyorum. Ve bir kahkahanın ortasında hüzünlerim gelmeyecek artık aklıma. Hüzünlere takılıp kalmayacağım.

İnsanın anlaşılabilmesi için bazen susması gerekirmiş.

DİK DUR, SEVGİN DÜŞÜRMEZ SENİ

Darbeler alır insan bazen.

Hiç ummadığı anda, hiç ummadığı kişilerden. En olmadık bir biçimde. Sonra bir tereddüt kaplar yüreğini. Her gelen yine aynı yerden, yine hiç umulmadık bir biçimde üzecek mi diye korkarak yaklaşırız insanlara.

İnsan hayatında illa ki yanılır. İlla ki her şey muhteşem bir şekilde akıp gitmez ömür döngüsünde. Ama ne olursa olsun, sen dik dur. Kendine olan güvenini yitirmediğin sürece, muhakkak yol seni doğru kişilere götürecektir. Yeter ki yönünü seçerken, sırf defalarca kırıldın, defalarca üzdüler diye pes etme. Ve unutma hiçbir şey olmazsa bile şu hayatta bir duruşun olsun. Evet, yalnız anlaşıldık. Evet, darbeler aldık. Ama lütfen duruşunu bozma ve dik dur. **Çünkü yüreği sağlam olanın duruşu da sağlam olur. Bu yüzden bu hayatta insanlar, ne çok çelme takarsa taksın hayallerine ve duygularına, sen yine de dik dur. Dur ki heybetinden hizaya gelsin herkes...**

GURURUNU KİMSENİN YOLUNA SERME

Şimdi belki de sen terkedildin, belki yanlış anlaşıldın, kendini ifade edemeden o kişi seni dinlemedi. Ardına bile bakmadan tüm kapıları yüzüne kapattı. Çekip gitti. Unutma, seni bir kere yargılamadan çekip giden, yine aynı şeyi yapacak. Bu yüzden, senden giden geri dönmek isterse **ASLA AFFETME!**

Yetinmeyip giden herkesin kapısını sen aç. Bırak gitsinler.

Gidenler yüzünden asla kendini suçlama. Unutma, kalmak isteyen seni kusurlarınla da severdi. İnce ince düşünüp yorma güzel kalbini. O sadece gitmek istedi ve hepsi bu. Evet, belki yeri değildi, belki zamanı değildi ama o gitmeyi tercih etti.

Bırak gitsin. Bırak, yolları sen yeniden güllerle döşersin.

Bazı insanlar asla ikinci şansı hak etmezler.

Geceler boyu sen ağladın o değil.

Gecen gündüzün birbirine girerken o bir başkasına gitti.

Sen onun bir mesajına muhtaçken o bir başkasından mesajlar bekledi. Sen ağlarken o güldü.

Şimdi sadece seviyorum deyip tekrardan bu yapıdaki bir insana; seni hiç düşünmeden silmiş ve ardına bile bakmamış bir insana, neden ikinci bir şansı veresin ki?

Seviyor musun? Yine sev. Uzaktan sev. En azından incitemez bu sefer. Bir beklentin olmayacağı için boşa gitmez hiçbir şey.

Sen hayatını düzene soktuktan sonra, hiçbir şey yokmuş gibi gelen insanı sende yokmuş gibi say.

SENİN SINAVIN HUZUR

Hayat bu bazen kötü sürprizler yaparak, beklenmedik olaylarla karşı karşıya bırakır bizi...

Hazmedemediğimiz, içimize atıp kimseye anlatamadığımız kim bilir kaç farklı yanılgı yaşadık iç dünyamızda... Kiminiz ihanete uğradı, kiminiz sebepsizce terk edildi. Başınıza her ne sebepten ne geldi ise onu geçmişte bırakın. Geleceğe emin adımlarla ilerleyemiyorsunuz çünkü başınıza gelenlerden ötürü takatiniz kesildi değil mi? Canınız hiçbir şey yapmak istemiyor. Günün çoğunu bomboş geçiriyorsunuz... Saymakla bitmeyecek onlarca ruh çöküntüsü sendromu yaşıyor ama bunu kabul dahi edemiyor, dik durduğunuzu zannediyorsunuz... İşte bunu kendinize yapmayın! Lütfen günün herhangi bir saatinde ama gece değil, kendinize bir kahve ısmarlayın ve yaşadıklarınızın muhasebesini yapın. Geçmiş geçmişte kalsın... Siz yepyeni varoluşlar için kendinizle biraz dertleşin. Şu an bu satırları okuyan güzel insan. İnan bana her şey geçecek. Adı üstünde geçmiş diyoruz. Her şey geçer, sen yeter ki iste ve harekete geç...

SESSİZ KABULLENİŞ

Yüreğimde kopardığın kıyametlere aldırmadan, sessizce kabullendim gidişini. Susa susa, iç çeke çeke... Kursağıma takılan son lokma gibi defalarca yutkundum seni!

Harabe olmuş koca bir şehir gibiyim. Birileri ne zaman yüreğime dokunmaya çalışsa, çökerttiğin enkazın altından hep sen çıkıyorsun. Çıkma!

Usulca gitmek istiyorum senden. Uykusuz gecelerime aldırmadan, tek nefeste atlamak istiyorum yepyeni umutlara. Sarılmak istediğim her yeni düşün, yeltendiğim her yeni gülüşün ardından sen çıkıyorsun. Çıkma!

Dedim ya defalarca yutkundum seni. Defalarca unutmak istedim. Defalarca çizdim üstünü. Karaladım senin için biriktirdiğim tüm sevgi sözcüklerinin üstünü. Yine de ne vakit adım atsam bambaşka bir kapıya, ardından sen çıkıyorsun. Çıkma!

Ben bu hikâyeye seninle devam etmekten vazgeçeli çok oldu. Ben sana açılan tüm kapılarımı kapattım. Sende vedalaşmayı bil artık. Onursuzca sevdin madem, onurunla çek git. Son defa söylüyorum bir daha karşıma çıkma!

Ben seni kazandım zannettiğimde meğer sana yenilmişim.

HERKES GİDİŞİYLE ANILIR

Durgun görünen ama konuşmaya bir başlayınca susmak bilmeyen onlarca insan tanıdım. Her birinin bambaşka umutları vardı ve yüreğinde barındırmak istemedikleri, söküp atmaya çalıştıkça daha da sızlatan sayısız acısı.

Uzun uzun seyrettim insanların telaşını. Gözlemledikçe daha da bir farklılaştı fikirlerim insanlar hakkında.

Kimisinin derdi, kiminin eşi, kiminin de egosu başından aşmıştı.

Düşündüm, dalıp gitti yüreğim onca insanın hengâmesinde dünya âlemine.

Sonra bir baktım ki derdimi unutmuşum. Durup söylendim kendi kendime, "Senin ki de dert mi?"

Sonra ne mi oldu? Ne kadar yalnız anlaşılmışım diye sorgularken olanı biteni, beni üzen, kıran, anlamayan her kim varsa, teker teker hapsettim unutkanlık kuyusuna.

Derdinizle debelenip dururken, kısa da olsa şöyle bir etrafınıza bakın. Siz anladınız ne demek istediğimi…

BU DEVRE AİT DEĞİL DUYGULARIM

Küçükken bir oyuncağım vardı. Hiç yanımdan ayırmazdım. Dünya yanmış yıkılmış umurumda olmaz, sadece o oyuncağıma hiçbir şey olsun istemezdim. Öylesine korurdum ki onu. Gözüm gibi bakar, yüreğimle okşardım.

Keşke şimdi de o kafada olabilseydim. Yine hiçbir şey umurumda olmasa da, tek derdim o oyuncağım olsaydı.

Dünya ne çok değişti. Gün geçtikçe yeni yeni adını bilmediğimiz acılar türetti insanlara.

Ne tarafa döndürsek başımızı her yer yara bere.

Biz büyüdüğümüz için mi acı çekiyoruz, yoksa hayat mı çok bayatladı? Bilen varsa söylesin...

İnsanlar artık birbirlerini sadece kendi çıkarları doğrultusunda seviyor. Susması gereken yerde, sırf yaranmak için saçma sapan savunmaları için konuşuyorlar. Konuşmaları gereken yerde ise susuyorlar. Kendisine iyilik yaptığını zannedip aslında kendi benliğini bir çöpe attığından habersiz çoğu.

İnsanlar artık kendi doğrularını onaylayan insanları tutuyor etrafında. Herkesi deli gibi eleştirip asla eleştirilmeye gelemiyorlar.

Kendi mutluluğu için bir başkasının mutsuzluğunu umursamıyorlar. Oysa mutluluğun yolu bir başkasını mutlu etmekten geçiyor. İnsanların bencilliği arttıkça insanlıkları kayboluyor.

Bu devre ait değil duygularım. Ben hâlâ bir sözün ardındaki o anlamları arar dururum. İnsanların ağzından çıkan her sözün kalpten geldiğine inanıyorum.

Belki de bu yüzden YALNIZ ANLAŞILIYORUZ.

SEN BÜYÜ DİYE

Sen öğren diye yaşattı hayat sana hepsini.
Bunca çaba, onca hüzün hiçbiri boşuna değildi.
Sel bil diye...
Sen gör diye...
Sen anla ki tekrar hata yapma diyeydi.
Neden hâlâ umudun yok sanıyorsun?
Neden hâlâ üzülmekten vazgeçmeyip toparlanmayı seçmiyorsun?
Sen öğren diye yaşattı hayat sana hepsini.
Bunca çaba, onca hüzün hiçbiri boşuna değildi.
Çünkü öğrendin...

Çünkü öğreniyorsun...

Öğrendikçe daha da güçlenecek umudun, unutma ve dik dur. Duruşunu asla bozma. Düşürme omuzlarını, indirme kafanı...

Direndikçe daha da güzelleşecek her şey. Daha çok içine gireceksin bu hayatın unutma.

Kaldır başını, yepyeni bir gülümseme ile merhaba de ve yeniden başla.

Sil gitsin seni üzen her ne varsa...

ÖZELDİR TÜM DUYGULAR

Bazen öyle yoğunsundur ki hayatın bitmek bilmeyen telaşı ve yüreğinde dolanan sayısız hengâmede, ne kadar yorgun olduğunu anlayacak zaman bile kalmaz. Çünkü yetiştirmen gereken, sorumlu olduğun öyle çok şey vardır ki durup bir nefes arası soluklanayım desen, sanki ipin ucu kaçacak ve bir daha toparlayamayacağım zannedersin. Ve o kadar olup bitenin içinde gece olup yatağına uzandığında, yatak altından kayacak gibi olur da, yine de zihninin odacıklarını kemiren ertesi gün planların yüzünden o yorgunluğu hissedemeden uykuya dalarsın.

Bunu yapma kendine! Kendini önemse. Kendine zaman ayır. Evet biliyorum aşağı tükürsen sakal, yukarı tükürsen bıyık durumundasın ama gerekirse sen tüm acıların ağzına tüküreceksin, yine de kendine küçük molalar vereceksin. Söz mü?

Bir penceren olacak mesela. Sessizliği özlediğin her an orada mola verip çayını yudumlayacaksın. İçindeki hazinelerden kimseye bahsetmeyeceksin. İnsanlar kendilerini tükettikten sonra karşı tarafın da tükenmesini, düşmesini istiyor.

Söz ver kendine, mutlu olacaksın.

> “*Evet,*
>
> *bazen tökezleyecek hayatın ama*
> *insan mutluluğa koşarken bazen düşer*
> *öyle değil mi?*”

KABUL ET, VAZGEÇTİK

Hani bazen çok yakın arkadaşlarımızla minik itiraf oyunları oynarız ya ve cevap verme sırası sana gelir. Soru şöyledir: "Kaybettiğin en büyük şey ne bu hayatta?"

Titrek bir sesle, "O." dersin ya hani, işte o acı zamanla geçecek. Yeter ki iste. Bir süre sonra "O." diye cevaplar vermeyecek ve hiç hatırlamayacaksın bile acısını. Ama küçükte olsa dursun bir kenarda çünkü biri gelip yine aynı acılar bırakmaya yeltenirse lazım olacak...

Mesela gündüzün en yoğun zamanında aniden nefesin sıkışıyor mu? Ya da gecenin bir yarısı sebepsiz uykundan sıçradığın oldu mu? Sık sık susadığın ama içemediğin, korktuğun ama kendinden gizlediğin, terlediğin ama farkına varmadığın?

Her şeyden aniden iğrendiğin dönemler mesela?

Sıkça sessizlikte konuşmayıp da biri bir şey sorduğunda ya da telefonun çaldığında sesinin çatallaşması? İçinin bir yerlerinde, hani o en derinlerinde diye tabir ettiğimiz içinin de içinde bir yere kaçmak istediğin oluyor mu hiç? Mesela kimseyi tanımamış olmayı istediğin? Tüm hayallerin, tüm ideallerin bir yana dursun, rutin yapman gereken işlerinden dahi vazgeçtiğin oluyor mu? Olmuyordur diyor değil mi içinde bir ses cılız hâliyle. İnanmıyorsun sen bile kendine öyle değil mi?

Çünkü sıkça bu dediklerim hatta daha fazlası yine sıkça oluyor... Kabul et...

İşte yaşadığın tüm bu duygu karmaşaları mutlak mecburi çaresizlik!

Bunu kendine yapma!

Bazı erkekler güzel güler...

Hele bazıları o kadar güzel güler ki ona bakınca sen kendin güldün zannedersin. Kendini görürsün gülüşlerinde. Zannedersin ki ömürlük gülecek... Ah be güzel dostum, her güzel gülen bir ömür güldürseydi yüzümüzü, dünya ne güzel olurdu değil mi?

Gülüşünde güzeli makbul ama sen asıl yanında ağlayabiliyor mu, acısı olduğunda seninle paylaşabiliyor mu ona bak. İşte o vakit güzel olur sevmeler. Çünkü hayat iki kişiyken daha güzel, paylaştıkça daha da...

Keşke her güzel söz söyleyen, o sözlerin ardındaki manaları da bilse. **Belki senin ağzından çıkacak öylesine bir söz benim hayallerimi süsleyecek. Gidişini kabullenemem bundandır belki de.**

"Sözde" sen gitmezdin. Bak "sözde" işte.

Öylesine söylenen sözlerin acısı silinmiyor bazen.

Kim bilir belki de bir gün, iyi ki gitmiş derim ardından. Ahlarımı çekerim yakandan. Merak etme ben mutlu olursam, senin mutsuz olman üzer beni.

Gülüşü güzel olanın acısı da güzel olurmuş.

YALNIZ ANLAŞILDIK

Neden mi yalnız kaldık, çünkü bekledik. Beklediğimize değecek insanları hayatımıza aldık. Ne zaman ki beklenmedik şeylerle karşılaştı yüreğimiz, daha da sıkı sıkı sarıldık yalnızlığımıza.

Yalnızlık cesur insanların işidir. Kendi kendine yetebilen, aşkı, dostluğu için güzel bir çaba harcadıktan sonra eli boş kalınca; yapılan onca fedakârlığı "Sadakam olsun." diyerek karşılayıp, yoluna devam edenlerin sığındığı limandır yalnızlık.

Ben duygularımdan kaçıp korkmadım hiçbir zaman. Yalnızlıktan korkup karışmadım kimsenin kalabalığına. Ve kalabalığını dağıtıp kendime muhtaç bırakmadım kimseyi.

Bakın siz bunu yapıyorsunuz işte. Önce hayatına girip sonra hayatını değiştirmek istiyorsunuz sevdiğiniz insanların. Yetmiyor giyimine, duruşuna, arkadaşlarına hatta yediği içtiğine bile karışıyorsunuz. Olduğu gibi kabul etmiyorsunuz kimseyi. Karşınızdaki insanı baştan aşağıya değiştirdikten sonra gidiyorsunuz. **Böylelikle gülüşünü değiştirmiş oluyorsunuz, ağlatarak. İlk zorlukta kaçacak kadar pamuk ipliğine bağlıysa sevginiz, bir**

zahmet gelecekten söz etmeyin. Savaşacak gücünüz yoksa eğer, yanınızdaki insanı savaşın ortasında bırakıp kaçmayın. Biz saf seviyoruz ya, o yüzden savaştan korkaklığınız için kaçtığınızı da düşünmüyoruz üstelik. Benim yüzümden çıktı bu savaş diyerek kendimizi suçlayıp, o savaştan sağ çıktıktan sonra sizi arıyoruz.

Sevmek değil, birini çok sevmek bizi en çok yalnızlaştırıyor. Sonra yalnız anlaşılıyoruz ve üzülen biz oluyoruz. Söylenecek söz kalmaz. Ama işte gel gör ki söz söyleyecek kimse kalmayınca ne çok söyleyecek sözü oluyor insanın öyle değil mi?

Biz sevmeyi seviyoruz,
siz olayı çok yalnız anlamışsınız.

DUYGUMUZ ZİYAN OLMUŞ

Ne kadar alçak gönüllü olursan karşındaki insan o kadar alçaklık yapar. Hamurunda ihanet olan insanın kalbinde sevgi aranmazmış. Kalbine ihanet bulaşınca anlıyorsun bunu. İnsanlar basit sevgiler peşinde koştukça asla dinlenemeyecekler. Bilmedikleri yollara girip yarı yolda bıraktıklarının ahlarıyla bir gece ansızın karşılaştıkları zaman, anlayacaklar kimsenin yaptığı kimsenin yanına kâr kalmazmış.

Bu böyle bir dünya işte. Anlamını yitirmiş onlarca duygu içinde boğuşup duruyorsun. Ne seven sevdiğinden emin ne sevilen sevildiğinden. Her şey belki de alışkanlıktan ibaret. Heyecan aramaya çıkmış herkes. Üstelik yanlarındaki eşlerine aldırmaksızın, bir aldanmanın içinde can verdiklerinin farkında bile değiller.

Sonra neden mutsuzum ben diye yakınırken buluyorlar kendilerini.

İnsanlar henüz ne istediğinin farkında bile değil. Sevmek istiyorlar. Sevdikten sonra sevilmek, zorlu savaş sonrası verdikleri sevginin karşılığını aldıktan sonra terk ediyorlar. Bak dünya böyle bir cehennem hâline geldi.

Ne çok yitirmişler anlamını sevginin.

Taş basıyorum kalbime. Adının geçtiği cümlelerin üstünü karalıyorum artık. Sen sevgi kelimesinin katili olmuşsun güzel adam. Benim seni tutup seveceğim bir yanın da kalmamış üstelik. Herkes gibi bakıyorsun. Sigara tutuşun bile sıradan artık.

Seni sevmenin duygu ziyanlığı olduğunu,

unutunca fark ettim.

“

Gülüşlerinizin ortasında
ağlamaya başladığınız
zaman anlayacaksınız,
anlayamadığınız onca
kalp kırıklığını.
Bu pişmanlık yeter size.
Fazlasına değmezsiniz!

”

KALBİMİN FESTİVALİ

Sen beni defalarca yarı yolda bıraktın da, ben o yolun kaldırımına oturup yine seni bekledim. Gelmeyeceğini anladıktan sonra zar zor geri döndüm. Sürüne sürüne geri döndüm! Dönerken yolda bıraktığımız tüm hatıralar batsa da kalbime, içim kanaya kanaya bitirdim yolu. En acımasız olanı da neydi biliyor musun? Tam yeni bir yola girecekken girdin hayatıma. Karanlığımı iki elinle bölüp girdin o hayatıma.

Seviyoruz ya, elimizden tutup cehenneme götürse gidiyoruz ardından.

Öyle de oluyor zaten.

Şiirlerimi öpeceğini zannederken, sen yine ahlarıma meze oldun. Git. Git ben bu yoldan nasıl geri dönülür biliyorum. **Takılmam, düşmem merak etme aynı hatalara. Artık sana takılsam yalnızlığa düşerim.**

"Karşınızdaki insanı kaybettikten sonra değerini görecek kadar kör olmayın."

**Sadakat sevginin ölçüsüdür.
Hem seviyorum deyip hem de
başka yüreklerde teselli arıyorsanız,
lütfen siz sevmeyin.
Önce sadakati öğretin yüreğinize,
sonra seversiniz. Acelesi yok,
biz bekleriz.**

**Gel gökyüzümden öp,
mavilerim bulaşsın hislerine.
Belki sevmeyi öğrenirsin.**

HAKKIMIZ HAKK'A EMANET

Yok ya o öyle olmuyor.

Umursamadan bırakıp gittiğiniz insanlar, siz geri döndüğünüzde yolunuza güller sermiyor. Sermeyecek!

Siz en büyük hatayı burada yapıyorsunuz zaten. Ne de olsa seviyor diye bir insanın hayatını kıyamete çevirip başka gönüllere çiçekler sunuyorsunuz.

Bir sabah o çiçeklerle birlikte kalbiniz de kuruyacak.

Bir insanın saf duygularını çalıp, huzurun, mutluluğun kapınızı çalmasını beklemeyin.

Sizin için dua eden kalpleri kırıp, günün birinde acaba neden mutsuzum demeyin.

Canınızın istediği gibi girip çıktığınız o kalplerden gittikten sonra, bir gün kapılar kapanacak size.

O zaman anlayacaksınız gerçekten sevildiğinizi.

Kalbi kırılan insanlar hiç merak etmesin. Eğer böyle olduysa vardır Allah'ın bir bildiği demesini bilin.

İnanın bizi bizden daha iyi bir tek Allah düşünüyor.

Bir sabah şükürlerinizi gökyüzüne serpeceksiniz. Yüreğiniz kadar, sevdiğiniz kadar sevileceksiniz. Kalp temiz olduğu zaman yollarınız hep çiçekli olacak. Bırakın dikenleri, sizi kıranlara sadakanız olsun.

Ne de olsa en çok ne zaman sevildin dedikleri zaman, sen geleceksin aklına. Severken senin gibi sevmeye çalışıp, karşısına çıkan herkeste senin ona yaptığın fedakârlığı düşünecek. Hep bir kıyasla geçecek ömrü, sen çiçekli yollardan geçerken.

Bırak hayatında durmak istemeyen kim varsa gitsin. Hatta kendin gönder. "Giderim." tehditlerini duyduğun anda kapıyı sen aç.

Gitmek isteyeni sen gönder ki bundan önce nasıl nefes alıyorsan bundan sonra da öyle nefes alacağını bilsin. Oksijen zannetmesin kendisini.

Ben gitmene kızmıyorum ki
elbette gidebilirsin.
Ben hiç sevmemiş gibi çirkin
gidişine kızıyorum.
Merak etme kendime de
çok kızıyorum.
Onca kalp kırıklıklarına rağmen
hâlâ seni bekliyorum.
Sanki hiç üzülmemişim, sanki hiç
yarı yolda kalmamış gibi,
o yolun ortasında diz çökmüş
seni bekliyorum.
Hâlâ gülüşünün ardında bir
merhamet arıyorum, yaptığın onca
merhametsizliklere rağmen.
Ben sana kızmıyorum, ben kendime
kızıyorum. Ne olursa olsun aşkı
hâlâ sana çok yakıştırdığım için
bana da yazıklar olsun diyorum.
Ben kendime kızıyorum.

PRENSESLER DE AĞLAR

Sen hayatın sana çıkardığı zorlukların acısını benden çıkardın. Ki senin acılarını dindirecek tek kişiydim ben.

Ve sen ben de dinmeyecek acılar bıraktın.

Gel de unut şimdi.

Gel de umutla sen bak hayata.

Vedalaştım güzel olan ne varsa. Senden, sevginden ben de bıraktığın her izden vazgeçtim.

Başkalarına tercih edildiğimi unutmayacak kalbim.

Bir kinim bile olmayacak sana.

Belki yetmedim sana ama içim rahat elimden gelen her şeyi yaptım diye. Varsın sen kendini haklı gör. Yavaş yavaş eksileceksin, benden aldığın ne varsa bitecek sende. İşte o zaman göreceksin ne kadar sıradan olduğunu, sana nasıl güzel baktığımı bir başkası seni ağlattığında anlayacaksın.

Kendime sürgünüm bu saatten sonra. Benim sana tutsaklığım bugün özgürlüğünü ilan ediyor.

Belki geceleri gözyaşlarımın tuzu yaralarıma değer ama acıta acıta iyileştirir beni.

Sen kaçmaya ayarlamışsın kendini. Sevmek elbette ağır gelecek yüreğine.

Kapansın bu gecenin perdesi. Bitsin tüm masallar, mutsuz bir sonla üstelik.

Prens uyurken yedi tane kadın cücenin içinde, prenses onu öpmeden gitti.

YARA BANDI

Geride bıraktığım kötü günlerim oldu benim de. Ama ne zaman yıkılacak gibi olsam, hatta yer yer yıkıldığım günler de olmuyor değil, işte tam da o anda yeniliyorum kendimi. Kıyamet gibi dağınık olan tüm duygularımı, bir kızıl sabahında ağaçların dibine gömüyorum.

Umursadığım, onsuz ölürüm dediğim ne varsa ölmedim. Hatta daha güzel yaşadım onsuz.

Menfaatleri bitince giden tüm dostlarıma uğurlar olsun.

Bakın en tehlikeli insan tiplerini bunlar oluşturur. Sadece kendi yaptıklarını görüp sizin yaptığınız her şeyi gidecekleri zaman yok sayarlar. Nankör de diyebiliriz.

Ben bana yapılan tüm haksızlıkları sineye çekip gidiyorum. Yalnızlığın bir zararı olmuyor yüreğime. İnsanlar kalplerini kirletmiş. Senden de yanlış yapmanı bekledikleri gibi bir gerçekte var tabii ki.

Asla ama asla kendi doğruluğunuzdan vazgeçmeyin.

İnsanlar yalanlara renkler kondurup masumlaştırdığında, kendi masumluğunu kaybediyor o anda. Kendi vicdanlarını rahatlatmak için sizi de hatalara sürüklemek istiyorlar.

Kırıldım defalarca. Affettiğim yerden tekrar kırıldım, bu kez affettim ama zarar verenleri uzaklaştırdım kendimden.

İnsan bir yere kadar uğraşabiliyor. Sebepsiz küskünlüklerden, sürekli alttan alıp kırılan olmaktan çok yoruldum.

Beni yalnız anlayan kim varsa yolu açık olsun. Ben insanların yara bandı olmaktan geçeli çok oldu.

TATLI ACILAR

İyi ki üzdüler beni. İyi ki yalanlarını gördüm de görmezden geldiğim her şeyi fark ettim.

İyi ki yarı yolda bıraktılar. Artık yeni bir yola kimse için çıkmıyorum. Bir yolum varsa şayet, gelmek isteyen benimle gelir. Böylelikle yarı yolda da kalmamış oluyorum.

İyi ki kırıyorlar çünkü insanların zayıf yönlerini öğreniyorum. Kendi çıkarları için kullandıkları maskelerini çantalarında taşıdıklarını da en iyi ben biliyorum.

Beni yıpratan insanlar sayesinde farkına vardım bazı şeylerin. Hatta o kadar yıprandım ki bir ben yarattım kendime. Üzerime durmadan su dökenlere inat alev aldım daha da büyüdüm.

Değiştin diyen kim varsa gülüp geçtim.

Ben bu beni kolay kazanmadım. Bir anda güçlü bir kadın olmadım.

Bir bedel ödedim.

Ektiklerimi başkaları biçerken çaresizce bekledim ben. Belki kıymet bilir diye sabrettiğim tüm insanların nankörlüklerini topladım bahçemden. Acılar beni bana kavuşturdu.

Daha da kötüsü ne biliyor musunuz? İnsanlar sizi kullanamadığını hissettikten sonra sizin ona kırılır diye söylemediğiniz ne varsa, bir çırpıda yüzünüze söylüyor.

KOPTU İÇİMDEKİ GÜVEN SALINCAĞI

Benim için çok kolay olmadı bazı şeyleri sindirmek. Sen uykunda uyurken, bir yerlerde gezip gülümserken, ben kalbimin duvarlarını kanattım durdum.

Bir daha sevilmem diye içimde sevgiye dair ne varsa çekip attım.

İçi sevgiyle dolup taşan bir kadın, nasıl olurda bir daha asla sevilmeyeceğini hisseder? Bir insana bundan büyük kötülük yapılabilir miydi?

Kötüsün güzel adam.

Güzel diyorsam eskiden kalma alışkanlık. Hak ettiğinden değil, sevgimin güzelliğinden hep bunlar.

Bilirsin derdini çekerdim sonunda ölüm de olsa da.

Benim için kolay olmadı, hiçbir şeye değmeyeceğini görene kadar kör oldum mesela.

Nefret bile etmeyecek kadar koptu içimdeki sevgi salıncağı.

Bir sokak başında, yollarımız denk gelse o saniyeler arasında bakışlarımı koparır alırım senden. Eskiden olsa belki hayranlıkla izlerdim ama sen artık sıradanlaştın.

Bir daha olmazmış bazı şeyler.

Bir daha aynı şekilde güvenemiyorsun.

Belki aşkından geceler boyu kıvranıyorsundur ama yüzünü bile görmek istemiyorsundur. Oysa onun gülen yüzüne âşık olmuştun. Hayat böyle bir denge. Bir insana bir duyguyu bir kez hissediyorsun. Sonrası sadece alışkanlık. Bir yerde kopuyor zaten o iplikler.

Ben kimseye yanlış yapmazken

yapılan bunca yanlışları

hazmedemiyorum.